Exquisit modern

NIGEL GOLDSTEIN

Die Nackte vom Englischen Garten

ROMAN

WILHELM HEYNE VERLAG
MÜNCHEN

HEYNE EXQUISIT MODERN
16/439

Herausgeber: Werner Heilmann

Printed in Germany 1988
Umschlagfoto: Pictor International, München
Umschlaggestaltung: Atelier Ingrid Schütz, München
Satz: IBV Satz- und Datentechnik GmbH, Berlin
Druck und Bindung: Presse-Druck Augsburg

ISBN 3-453-02683-7

Vorwort

Sie war kein Kind von Traurigkeit, die junge Frau, die dem Begründer der christlichen Religion vor 2000 Jahren die Füße wusch und mit ihrem Haar trocknete. Der Pharisäer, in dessen Haus die Begegnung stattfand, brandmarkte sie als Sünderin. In diesem Sinne müßte auch Maria, die junge Heldin meines Romans, von den Sachwaltern der Kirche als Missetäterin verdammt werden. Sie ist ein Mädchen, das sich gern auszieht. Sie genießt es, fremden Menschen ihre Nacktheit zu zeigen. Der Apostel Paulus, wäre er heute noch am Leben, würde solch ein Geschöpf ohne viel Federlesen als Sendbotin des Satans bezeichnen. Was hat es auf sich mit der geheimnisvollen Anziehung der Sünde, vor der sich die Heiligen aller Religionen so sehr fürchten? Warum hatte der Apostel Paulus und der Kirchenvater Augustinus, warum haben so viele Menschen noch heute, im Zeitalter der Aufklärung, ein gespaltenes Verhältnis zur Nacktheit? Muß Fleisch unbedingt Sünde sein? Warum hat Gott den Frauen einen wunderschönen Busen gegeben, wenn sie ihn dann schamhaft verbergen müssen?

Bis zum Sündenfall, so erfahren wir aus der Bibel, waren die Menschen wunschlos glücklich. Frauen wurden noch nicht von den Männern ausgebeutet, und Männer wurden noch nicht von Frauen erpreßt. Es gab keine sexuellen Verbote. Alles, was den Beteiligten Spaß machte, war erlaubt – auch Nacktheit. Das änderte sich, als Adam vom Baum der Erkenntnis aß. Für die Evolutionsforscher markiert der Biß in den Apfel den Übergang vom Tier zum Menschen. In der Schöpfungsgeschichte heißt es: *Da wurden ihnen beiden die Augen aufgetan, und sie wurden gewahr, daß sie nackt waren.* Plötzlich schämte sich Adam, weil er einen Zipfel hatte, und Eva schämte sich, weil sie Brüste hatte. Seitdem ist alles furchtbar verzwickt, furchtbar schwierig. Mit der Wunschlosigkeit, die dem Urmenschen den Seelenfrieden garantierte, ist es zu Ende, und natürlich auch mit der Freude, die manche von uns empfinden, wenn sie sich dem Rest der Menschheit, vielleicht auch nur dem geliebten Partner, in paradiesischer Nacktheit zeigen können. Das Wort heißt Scham. Nacktheit ist unanständig. Wer sich in der Öffentlichkeit auszieht, ist schamlos.

Was ist Scham? Eine anerzogene Empfindung, behaupten die Sexforscher. Vieles spricht für diese These, so zum Beispiel die Tatsache, daß die Menschen der verschiedenen Kulturbereiche, wenn öffentlich Scham von ihnen eingefordert wird, ganz unterschiedliche Körperstellen bedecken. Bei den Chinesen galt es als entehrend, wenn eine Frau ihre Füße zeigte. Hingegen dürfen die Frauen auf Madagaskar ihre Brüste und den Schoß, nicht aber ihre Arme unbedeckt lassen. Im Christentum gelten Menschen, die sich sogar ihrer Gedanken schämen, als besonders aussichtsreiche Anwärter auf ein Plätzchen im Paradies. Ein Problem ergab sich für die Heiligen nur beim Geißeln. Um sich mit der Peitsche für die sündigen Wunschvorstellungen der letzten Nacht zu bestrafen, mußten sie sich entblößen. Der Fachmann spricht von Delikthäufung, und der Sexualmediziner, bei dem ein solcher Mensch als Patient eincheckt, notiert eine unglückselige Verbindung von Scham, Schmerz und Wollust.

Maria, eine junge Griechin, die in München lebt, sieht das alles etwas lockerer, obwohl sie, was die Einhaltung der Zehn Gebote angeht, mit jedem Weihbischof mithalten kann. Jedenfalls gibt es für die hübsche Achtzehnjährige keinen Grund, auf das Vergnügen zu verzichten, sich an heißen Abenden mitten im Englischen Garten zu entblättern. Ich muß noch sagen, daß dieses Mädchen, sowohl im bekleideten als auch im nackten Zustand, ihrer Entjungferung entgegenfiebert. Selbstverständlich hat sie, der Name Maria verpflichtet, die Bibel gelesen, besonders das Lukas-Evangelium und dort immer wieder die Stelle, wo Jesus zu einer Frau von zweifelhaftem Vorleben (in den Akten des Münchner Kreisverwaltungsreferats würde eine solche Person heute mit dem Kürzel HWG für ›häufig wechselnder Geschlechtsverkehr‹ belegt werden) die bedeutsamen Worte sagt: ›Dir sind deine vielen Sünden vergeben.‹ Kein Zweifel, daß zu den sittlichen Verfehlungen einer Dirne auch die Nacktheit gehört; schon das Alte Testament widmete diesem Problembereich längere Passagen. Die Rede ist von Susanne im Bade, die damals in der jüdischen Gemeinde, besonders bei den älteren Männern, für Aufregung sorgte, indem sie sich auszog und die Tür einen Spalt breit offenließ.

Was mich auf eine wesentliche Frage bringt: Kann man überhaupt ein Buch schreiben, ohne Geschichten zu wiederholen, die schon in der Bibel stehen?

1

»Gehen wir zusammen abendessen?«

»Das kann ich dir erst in einer Stunde sagen.«

»Soll ich anrufen?«

»Besser, ich rufe dich an. Mir macht's Angst, wenn der Apparat klingelt.«

»Trotz Erkennungszeichen?«

»Trotz Erkennungszeichen. Ich fühle mich bedrängt.«

»Von mir?«

»Von dir. Du bist so besitzergreifend.«

»Tut mir leid, aber den Schuh kann ich mir beim besten Willen nicht anziehen.« Peter Menz, 36, warf einen Blick auf seine Armbanduhr. »Sprechen wir beim Abendessen drüber. Wenn ich einen Fehler gemacht habe…«

»Ich sagte dir, es ist noch nicht sicher, ob wir zusammen essen.«

»Aber…«

»Jemand läutet an der Tür, ich muß Schluß machen.«

Es klickte in der Leitung. Gesi, seine Freundin, hatte aufgelegt. Peter dachte über das Telefongespräch nach, während er durch den Englischen Garten schlenderte. Er hatte eine Stunde verstreichen lassen, bevor er das Haus verließ. Gesi hatte nicht zurückgerufen. Traurigkeit beschlich ihn, wenn er sich an die Stunden ihres Kennenlernens erinnerte. Vor einem Skilift in Kitzbühel war das gewesen, mitten im Schneetreiben. Es hatte sich ganz von selbst ergeben, daß er die Studentin der Informationswissenschaften in seinem Wagen nach München zurückbrachte. Gesi, 24, wohnte in der Maxvorstadt, nur fünf Minuten Fußweg von seinem Apartment. Was danach kam, war Liebe auf Raten. Sie schliefen miteinander, aber am nächsten Morgen verabschiedete sich seine Freundin, ohne seine Frage zu beantworten, wann sie sich wiedersehen würden. Er hatte einige Zeit gebraucht, bis er begriff, daß Gesi keine Ausnahme war. Die Münchnerinnen, die Studentinnen und jene, die in den Büros der großen Firmen arbeiteten, verliebten sich nicht mehr, sie ›gingen eine Beziehung ein‹. Man gab sich, aber man gab sich nie ganz. Und nicht nur die Frauen, auch die Männer machten solche Vorbehalte. Kaum jemand in Schwabing oder Nymphenburg, in Giesing oder Grünwald, der nicht unter Bindungsangst litt. Jeder wollte die kuschelige Wärme einer engen Zweierbeziehung genießen, aber niemand wollte dafür seine gewohnten Freiheiten aufgeben.

Ganz anders Peter Menz, der als junger Mann von Stuttgart nach München gezogen war, um an der Maximilians-Universität Jura zu studieren. Er sehnte sich nach einem weiblichen Wesen, mit dem er die Abende und die Nächte verbringen konnte. Nach einer Gefährtin, die Partnerschaft nicht als Schlagabtausch mißverstand. Es gab unter den Rechtsanwältinnen, mit denen er das Staatsexamen abgelegt hatte, nicht wenige, die ihm von der äußeren Erscheinung her gefallen hätten. Leider hatten sich alle beim näheren Kennenlernen als kühl und kompliziert, als kopflastig erwiesen. Keines der Verhältnisse, die er mit den Vertreterinnen der neuen Weiblichkeit anknüpfte, hatte länger als zwei oder drei Monate gedauert. Und so war in Peter allmählich das Traumbild einer jungen Frau entstanden, die ganz anders war als die Münchnerinnen, die man auf den Parties in Schwabing und Haidhausen traf. Genauer gesagt handelte es sich um ein Mädchen, das nur halb so alt war wie er, um eine Achtzehnjährige, und das war zugleich der Grund, warum er mit keinem seiner Freunde über das Geschöpf seiner Sehnsucht sprach. Er schämte sich, weil sich seine Fantasie so gar nicht um das kümmerte, was unter den Freiberuflern seines Alters gang und gäbe war. Wäre es nach denen gegangen, dann hätte er entweder in eine mittelständische Firma eingeheiratet oder sich mit einer frischgebackenen Staatsanwältin (unkündbar, fliehendes Kinn, Oberlippenflaum) liiert. Aber von solchen Zweckbündnissen wollte Peter, der eine eigene Kanzlei betrieb, nichts wissen. Statt dessen richtete sich sein ganzes Sinnen und Trachten auf ein unmögliches Ziel, nämlich darauf, aus einer Vielzahl von Münchnerinnen ein Mädchen herauszufiltern, das mit dem Traumbild übereinstimmte.

Auf seinem Spaziergang durch den Englischen Garten hatte er eine Baumgruppe umrundet, als er in der Düsternis des sinkenden Abends eine weibliche Gestalt bemerkte. Es war ein nacktes Mädchen, das auf einer Wolldecke saß. Sie hatte die linke Hand aufgestützt. Als Peter auf die Lichtung trat, hob sie den Blick. Einen Moment lang sah es so aus, als bewegten sich ihre Lippen. Sie schlug die Beine übereinander und lächelte. Er stand da wie angewurzelt. Nackte Mädchen waren im Englischen Garten nichts Ungewöhnliches. Aber die meisten dieser sonnenhungrigen Geschöpfe waren in Gesellschaft einer Freundin oder eines Begleiters. Das Mädchen auf der Lichtung aber war allein. Ihr Gesichtsausdruck verriet, daß sie die Situation genoß. Das Haar war dunkel, es reichte ihr bis auf die schönen, vollen Brüste. Die Haut war sanft gebräunt. Schlanke, glatte Oberschenkel. Lange Beine, mit Waden, deren Muskeln im Widerschein des Himmels glänzten. Der angewinkelte rechte Arm ließ den Nabel und die schmale Taille frei und betonte die Fülle des Busens. Das Schönste aber war ihr Mund. Sanftgeschwungene Lippen von atemberaubender Symmetrie. Zähne wie aneinandergereihte Perlen. Noch nie war Peter Menz einem Mädchen begegnet, das so unschuldig und zugleich so verführerisch aussah. Wie in einem Traum ging er an ihr vorbei, den Blick auf die großen, dunklen Augen des entblößten Geschöpfes gerichtet. Er überquerte den Rasen, erreichte das Buschwerk, das diesen Teil des Parks von der Königinstraße abgrenzte, und blieb stehen, um nachzudenken.

Das Gesicht.

Er war auf einmal sicher, daß er das Mädchen schon einmal gesehen hatte.

Er hatte sie nicht nur gesehen. Er hatte mit ihr geschlafen.

Und dann durchzuckte ihn die Erkenntnis, daß er der Frau

seiner Träume begegnet war. Er hastete den Weg zurück und rannte auf die Wiese. Er fand die Stelle, wo das Mädchen gesessen hatte, ein Viereck niedergedrückter Grashalme.

Sie war fort.

Verschwunden.

2

Kala – gut. Ausgezeichnet sogar. Maria, 18, schielte auf den Spiegel, wo sich die Kurve ihres Busens abzeichnete. Sie war außer Atem, als sie von ihrem Ausflug zum Englischen Garten heimkehrte, atemlos, müde und auf unerklärliche Weise glücklich. Süß wie Honig war das Gefühl gewesen, die Blicke des Fremden auf ihrer Nacktheit zu spüren, und auch der Hunger nach Liebe, der sich in den Augen jenes Mannes abzeichnete, war ihr nicht verborgen geblieben. Jawohl, es hatte seine Vorteile, wenn eine Frau ihre beiden Vorteile herzeigte. Wie das Mädchen vor dem Spiegel fand, hatte sie optisch einiges anzubieten. Innerhalb von drei Monaten hatten sich ihre Brüste vom Linsengericht zu einem Umfang von 92 Zentimetern gerundet. Welche Achtzehnjährige in München hatte schon 92 Zentimeter? Im McDonald's an der Leopoldstraße niemand. Nicht mal Marias deutsche Kollegin Lilibeth, die sonst eigentlich alles, beispielsweise aufreizende Augenringe und ein wunderschön geformtes Hinterteil hatte. Das Problem mit dem Po, so hoffte das dunkelhaarige Mädchen, würde sich in ein oder zwei Jahren in Wohlgefallen auflösen, und auch bei den Augenringen würde sie demnächst, in einer lauen Sommernacht, zum Durchschnitt der McDonald's-Kassiererinnen aufschließen. Maria Marianopolos, Tochter eines griechischen Gastarbeiters, geboren und aufgewachsen in Deutschland, war entschlossen, ihre Unschuld an einen Mann zu verschenken.

Sie stand vor ihrem Messingbett in der Kellerwohnung Verdistraße 704, ließ die Hände von den Brüsten zu den Hüften gleiten und betrachtete die Falten ihres Nachthemdes. Ihr Vater hieß mit Vornamen Stavros – das Kreuz. Und so trug Maria, die ihren Vater sehr liebte, ein kleines Kreuz, wo die anderen Mädchen in München eine silberbeschichtete Rasierklinge oder ein Kokainlöffelchen baumeln ließen. Lilibeth, die Freundin, die an Kasse 1 tippte, hatte völlig recht, wenn sie sagte, es sei von symbolischer Aussage, was sich eine Frau zwischen die Brüste hängt. Das Kreuz also und der Glaube an das Gute. *Christus ist auferstanden, er ist wahrhaftig auferstanden.* War das so schwer zu verstehen? Es schien so. Maria hatte die Erfahrung gemacht, daß ihre deutschen Arbeitskolleginnen im McDonald's eigentlich nur glaubten, was in der Zeitung stand, und auch davon immer nur das Gegenteil. Das mit dem Gegenteil in der Zeitung allerdings, das stimmte. Es gab wirklich immer eine Aufwertung der Mark, 24 Stunden nachdem der Wirtschaftsminister bei der Pressekonferenz versichert hatte, es werde unter keinen Umständen eine Aufwertung geben, jetzt nicht, und zwar wegen der Situation auf dem Bau, künftig nicht wegen der grundsätzlichen Bedenken der Bundesbank, und überhaupt nie, schon wegen unserer amerikanischen Freunde nicht.

Aber es gab Unterschiede zwischen Politik und Religion. Fand Maria, die inmitten einer Welt ohne Liebe an Gott, barfuß, mit weißem Bart und guten Beziehungen zur Frankfurter Zentrale der McDonald's-Kette glaubte. Nein, Maria war nicht bereit, beim Lieblingsspiel der Deutschen, dem täglichen Vollbad in Selbstmitleid, Nörgelschmoll und Weltuntergang mitzumachen. Politiker hatten schon immer gelogen, wenn der Tag lang war, im Fernsehen oder in der Zeitung. Aber die Kirche? Schon was die Beziehung der himmlischen Stellvertreter anging, gab es Unterschiede zwischen Staat und Kirche. Bundestagsabgeordnete, Flicks Zuwendungen mal gar nicht gerechnet, hatten einen deutlich höheren Stundenlohn als Hochwürden Stefanopolos, der junge Priester, der sich einmal wöchentlich hinter das Spalier des Beichtstuhls in der Theatinerkirche hockte, um bei einer guten alten Ohrenbeichte den Schwall von Marias läßlichen und weniger läßlichen Verfehlungen über sich ergehen zu lassen, vom Fleischgenuß am Freitag bis zum erschütternden Geständnis, daß sie sich seit einigen Monaten beim abendlichen Einschlafen auf Fingerspiele konzentrierte, die gegen das christliche Reinheitsgebot in Sachen Seele und Sinneslust verstießen.

Unterschiede auch bei den Transportmitteln. Bei Politikern war das Dienstfahrzeug, blau-weiß oder mit dem guten Stern, unerläßlich für die demokratische Grundordnung unseres Vaterlandes, und deshalb war das sündteure Ding auch steuerlich absetzbar, während Hochwürden Stefanopolos, 28 und saftdurchströmt wie die Platanen auf Kos, sich für die monatliche Fahrt zu seiner Lieblingssünderin Magdalena mit einem Rudi-Dutschke-Fahrrad der Marke ›Vaterland‹ begnügen mußte.

Kala. Gut. Maria war auf Kos gezeugt, aber in München zur Welt gekommen. Das Ganze – Werbung, Akt, Empfängnis, Wachstum im Mutterleib und Geburt unter dem forschen Zuspruch einer bayerischen Hebamme – hatte sich während der Auswanderung des Vaters von der Sporadeninsel und der Ansiedlung in Deutschland, im Zusammenhang mit dem Eintritt in ein befristetes, jederzeit auflösbares und von keinerlei Rechten des Arbeitnehmers getrübtes Dienstverhältnis bei der Kolbenfabrik Günther Neugebauer GmbH & Co. KG in München-Untermenzing ereignet. Inzwischen war aus Maria ein langhaariges Geschöpf mit wohlgeformten Waden geworden, ein schönes Mädchen mit einem schmerzlichsüßen Zug um die vollen Lippen. Ein durch und durch weibliches Wesen, das manche Männer mitten vor der Kasse im McDonald's sehr nachdenklich machte. Wie auch immer die Geschmacksrichtung des Kunden, ob Proleten-Mac, Big Mac, Hard-on Mac, Leck-mich-Mac, Fick-mich-tiefer-Mac – die schwellende Fülle von Marias Lippen, unterlegt von der madonnenhaften Kühle ihrer Nasenflügel, ließ vor dem überraschten Betrachter alle ungelösten Fragen des Abendlandes wieder aufklaffen. Die Wasserleichen, die nach Marcus Antonius unglücklichem Seegefecht im Mittelmeer zurückgeblieben waren, wurden wieder an den Strand geschwemmt, süßlich duftend wie brünstige Sirenen, eine Sache, über die man einfach nicht hinwegsehen konnte. Nicht nur halberblindete Philologen, die auf dem täglichen Opfergang zur Staatsbibliothek im McDonald's an der Leopoldstraße Station machten, empfanden das so, sondern auch Kunden, deren Lesebedürfnis sich auf die Fernsehzeitschrift und dort auf die Sendezeiten für Aktenzeichen XYZ beschränkte.

Die meisten Männer wußten, daß Maria eine Griechin war, und so dachten sie beim Anblick ihrer Brüste unwillkürlich an die Osterlämmer, die *anixi*, der Frühling, über die Bergwiesen Kretas springen ließ. Gesagt werden muß, daß es auch Frauen gab, die ins Nachdenken gerieten, wenn sie die Griechin betrachteten. Für sie war Maria eine Helotin, die aus einer der Garküchen von Issos, Knissos oder Pissos entwichen schien, aus einem unhygienischen Land, wo man Obst begrapschen und wieder auf den Stapel legen konnte, ein Mädchen, das trotz ihrer geringen Herkunft voller Stolz ihre Muschi oder was immer Griechinnen zwischen den Schenkeln hatten in der *Kusina*, der McDonald's-Version der Vorhölle, gegen den Heißluftherd drückte, wenn sie es nicht vorzog, ihren Schoß im Takt zu Tina Turners ›Do It To Me‹ an der Kassenschublade zu wetzen. Beunruhigend schien, daß die junge Griechin einer Körperlichkeit frönte, die Mitteleuropa, wollte man den Sonntagspredigten glauben, schon zur Zeit der Epheserbriefe überwunden hatte. Wer Maria Marianopolos sah – und es gab jeden Tag viele, die sich das Mädchen optisch zu Gemüte führten –, der fühlte sich an einen griechischen Garten erinnert, wo es nach verschüttetem Retsina und dem Schweiß der Spülerinnen roch, nach türkischem Kaffee und *Mandragora officinalis*, und während der Gast das Mädchen musterte, wie es vor dem Hintergrund rostfreien Stahls seine blutroten Fingernägel in die Tasten schlug, verwandelte sich das Polyestergewebe des McDonald's-Kittels auf wundersame Weise und im Takt zur Kassenrolle in ein durchsichtig fließendes Gewand aus Kos, die Backöfen wurden zu Königspalmen, deren Zweige die entblößten Schenkel des Mädchens streiften, natürlich hatte das leichtfertige Geschöpf wieder einmal die Röcke gerafft, kein Knopf, der nicht geöffnet, keine Schnalle, die nicht aufgebogen, gespreizt, geschändet war, der Begehrlichkeit der Männer preisgegeben, und wer noch weiterging und sich für den schmackhaften Knüller bei McDonald's, die Eiskrem Deep-in-your-Pussy-mit-Karamelsoße entschied, der wurde von Maria mit einem lockeren Schwenk der hüftlangen Haare belohnt, mit der *Wahrheit*, die aus Frauenaugen spricht, mit dem anmutigen Zucken einer Sehne am Hals der Gekreuzigten. Und gekreuzigt war das Mädchen, dessen Vater Stavros hieß, benachteiligt als ebenso hübsche wie arme Gastarbeiterin, eingeengt von den Fesseln fehlender Bildung, umweht vom Eiswind der neuen Ausländer-raus-Gesetze, und doch war der Blick der Griechin die große Verlockung auf der linken Seite der Leopoldstraße, noch vor den Brüsten der amerikanischen Volontärin in der Buchhandlung nebenan, erster Stock links, weil Marias Liebreiz von Herzen kam, aus der Seele eines Menschen, der noch keinen Widerwillen vor sich selbst kannte und keine Verweigerung, wenn es um das urchristliche Nicken nach links und rechts ging, schlank war ihre Taille, zart das Fleisch, so zart, daß Gott, dem das Griechenmädchen jeden Abend vor dem Nachtgebet ihre weiblichen Reize vorführte, indem sie sich vor dem Spiegel entkleidete, ins Überlegen kam, ob das Mädchen wirklich in den Abgrund der Verdammnis gehörte, wie Hochwürden Stefanopolos' Vorgesetzter, Domprobst Rattler, meinte, oder ob nicht ein ernstes Gespräch von Schöpfer zu Frau genügte, um die Gestrauchelte aus dem Dornengestrüpp ihrer sittlichen Verfehlungen herauszulösen.

Es war ein Kreuz mit dem Kreuz. Gleich der erste Junge, den Maria von ihrem Blütenhonig kosten lassen wollte, hatte sich durch das 40 Millimeter lange und 25 Millimeter breite Gebilde vom tieferen Sinn der Zusammenkunft ablenken lassen. Er hatte versucht, das Kreuz aus der Furche zwischen den fleischigen Kugeln herauszuklauben, und die schöne Griechin hatte den Atem angehalten, damit die Brüste nicht wie eine Fuchsfalle zuschnappten, was bei Söhnen von Elektronikern – Jörgs Vater baute Zielvorrichtungen für die Marschflugkörper der neuen Generation – ein schweres seelisches Trauma hinterlassen konnte. Nachdem sie schon fast erstickt war, hatte der Junge den oberen Balken des Kreuzleins zu fassen gekriegt, aber dann war, München leuchtet, ein Stadtteilpolizist vorbeigekommen, der eben an jenem Abend vom Amt für öffentliche Ordnung beauftragt worden war, den Englischen Garten, ganz besonders aber das Buschwerk des Monopteroshügels, von ›Elementen‹ zu reinigen. Das Unternehmen erste Liebe war beim Herannahen des grünuniformierten Störers in sich zusammengebrochen wie ein realsozialistischer Fünfjahresplan. Nachdem der Beamte für 20 Mark Ärgernis genommen und sich wieder entfernt hatte, war Jörg, 21, in Tränen ausgebrochen, und was dann kam, hatte Maria ein bißchen an die Selbsterfahrungsgruppe in der Volkshochschule erinnert, deren Teilnehmer auch alle so kaputt gewesen waren. Jedenfalls hatte Jörg seinen Kopf in ihrem Schoß geborgen, aus irgendeinem Grund hatte er ihr, während über ihnen die Buchen rauschten, von dem Brunnen erzählt in Papis Ferienhaus in Südtirol, von Vampiren, die nur mit dem reinen Herzen zu besiegen seien, hatte noch etwas an Marias Madonnenscheitel herumgespielt und war dann zur Anbetung ihrer Schuhe, besonders aber ihrer Schuhabsätze übergegangen. Daß Maria resolut die Röcke raffte, hatte den Abend nicht zu retten vermocht. Sie saß da, halbgar, und verströmte ihr schmerzliches Lächeln in die Rumfordschen Pflanzungen. Wird Zeit, daß jemand mit mir schläft. Richtig schläft. Oft, tief und ohne weltanschauliche Fragen aufzuwerfen. Maria war entschlossen, ihre pflaumenweiche Unschuld zu Markte zu tragen und mit ihren Pfunden zu wuchern. Mit dem eigenen Schoß würde sie erfahren, was ihrer Freundin Lilibeth nun schon seit vielen Wochen umflorte Lider und zauberhaft glatte Schenkel bescherte. Für Maria war die Ursache klar. Hormone. Der Tau, der ein Mädchen aufblühen ließ, das Zaubermittel, mit dem die Pickel von der Stirn verschwanden, hieß Mann. Es war der Samen des Mannes, der das Unterbewußtsein eines Mädchens von allen pubertären Verwerfungen befreite, wenn die Gabe mit viel Liebe, subkutan, ohne Netz und doppelten Boden, zur richtigen Zeit und in der richtigen Menge verabreicht wurde.

Maria schloß den Spalt des Kellerfensters und vermerkte mit Befriedigung, wie sich die Sattelschlepper, deren Dröhnen vom Untermenzinger Kreisel über die Verdistraße hinübergetragen wurden, zu schnurrenden Spielzeugautos verwandelten. Maria hatte das kleinste Zimmer in der Kellerwohnung, die Stavros Marianopolos für siebenhundertachtzig kalt von einem ehemaligen Polstermeister durch Unterschrift unter einen Vertragsvordruck des Haus- und Grundbesitzervereins – ›... und unterwerfe ich mich unter Verzicht auf die Einrede der Verfassungswidrigkeit zur Strafe für Kleintierhaltung, Schwangerschaften und hörbares Einatmen im Mietobjekt der sofortigen Zwangsvollstreckung bis ins siebte Glied ...‹ – gemietet hatte. Niemand wußte so recht, warum der Polstermeister nicht mehr berufstätig war, denn er war noch jung. Die Kunden wußten es nicht, die ihre kaputten Sessel jetzt bis nach Tittling, tief in den Bayerischen Wald hinein, bringen mußten. Die Polsterinnung wußte es nicht, war doch das Aufpolstern alter Sessel in der Verordnungsausführung Ziffer 118 Absatz 2 des Gewerbeausschusses als ›grundsätzlich zulässig, soweit nicht andere Bestimmungen des AbGOErgArg in der Fassung von 1251 der gewohnheitsmäßigen und/oder entgeltlichen Ausübung des beantragten Gewerbes im Einzelfall entgegenstehen‹, bezeichnet worden. Der Polstermeister selbst wußte es auch nicht. Nach einer Anwandlung, die ihn an einem Dezembermorgen des Jahres 1969 überkam, hatte er den Polsterhammer sinken lassen. Fortan verwies ein Aushang die Kunden an das Innungsbüro, Oberanger 2, wo ein Verzeichnis mit den Adressen der beiden Restauratoren, die sich auf Aufpolsterung von Betbänken in Chorgestühlen verstanden, sowie die Merkblätter der Bayerischen Staatskanzlei über die Arbeitsordnung des Handwerks mit Jugendschutzbestimmungen und Sperrmülldurchführungsverordnung auslagen. Mathias Wimmer, der Polstermeister, war zu seinem Arzt gegangen und noch am gleichen Tag Mitglied in der Hoffmann-La-Roche-Gemeinde geworden. Seitdem lebte er von den Mieteinnahmen aus den beiden Kellerwohnungen, von denen Stavros Marianopolos, Marias Vater, aufgrund einer Vorauszahlung von sechs Monatsmieten die mit dem WC ergattert hatte. Das kleinste Zimmer, wo Marias Bett stand, war zugleich ›Das mit dem Fenster‹, auch wenn der Blick nur auf das Laub ging, das sich im Kellerloch häufte.

Nachdem die Brüste der Griechin die 90-cm-Marke gesprengt hatten, mehrten sich im McDonald's an der Leopoldstraße die männlichen Kunden, deren Blick über das Lippenpaar der Schönen hinweg zum Busen und von dort alsbald zum Schoß glitten, der sich in dem Nylonkittel abzeichnete. Wie man es auch drehte, das Mädchen war vor allem eines, es war schön. Und damit war der Blick verdeckt für Anmut der Seele, die doch so wichtig ist, wenn man darüber nachdenkt, ob eine Frau gut im Bett ist oder nicht, ob sie wohl gern Spaziergänge durch raschelnde Herbstwälder macht, wie es mit der Kontraktionsfähigkeit ihrer Scheidemuskeln steht und der Reinheit ihres Herzens.

Maria hatte die Spiegelscherbe auf dem Fenstersims so hingestellt, daß sie ihre Nacktheit betrachten konnte. Sie verzog die Lippen – die so manchen Germanistikstudenten der Maximilian-Universität bei der abendlichen Konzentration aufs verlorene Schlüsselbein zur Verzweiflung brachten – zu einer Clownsgrimasse. Schön zu sein, war ein zweischneidiges Schwert. Das zeigte sich ja schon bei Melina Mercouri, die als griechische Kultusministerin verkünden konnte, was sie wollte, und die Männer dachten immer nur – hat sie unter ihrem teuren Fummel wohl ein Höschen an oder keines, und wenn sie keines anhatte, wo hatte sie das verflixte Ding liegenlassen? Bei ihrem leidgeprüften Ehegefährten, der sich nun mit dem Slip in der Tasche eine neue Einstellung für Alexis Sorbas ausdachte? Beim Gynäkologen? Oder bei Erzbischof Makarios, auf dessen Grabstätte sich die Kulturschaffende nach einer Mammutsitzung im Parlament erleichtert hatte? Dem McDonald's-Mädchen, das sich durch seine Tätigkeit für ein amerikanisches Unternehmen in einen spannungsreichen Gegensatz zur Leib-und-Magen-Megäre der linken Internationale gestellt sah, war eines aufgefallen: Seit sie Frau war – die ersten Protuberanzen waren mit zwei oder drei Jahren Verzögerung, dann aber mit mediterraner Heftigkeit ausgebrochen –, gab es im McDonald's an Kasse 3 mehr Umsatz als an den anderen beiden Kassen zusammen. Nichts taten Männer so gern wie in der Schlange stehen, wenn der Kopf der Schlange auf eine dunkelhaarige Aphrodite mit Schiffchenmütze zurückte, und die Umsätze hatten noch zugenommen, als Maria sich mit Zustimmung aus Frankfurt zu einem Kittel entschloß, der um Busen und Hüfte herum zwei Nummern zu klein, dafür aber um Hals und Knie herum je drei Zentimeter zu kurz war. Mit wachsendem Umsatz war allerdings die Schwelle von ›Bitte mit Ketchup‹ zu ›Wie heißen Sie eigentlich?‹ unversehens höher geworden. So hoch, daß Maria Gegenmaßnahmen beschlossen hatte. War sie doch ein Mensch, der auch ohne Studium der Klassiker auf die befreiende Tat vertraute, ein Mädchen, das aus Prinzip auf die Zehnpfennigstücke spuckte, weil sie die beglückende Erfahrung gemacht hatte, daß die Münzfernsprecher das Geld mit Spucke besser annehmen als ohne, eine Mitbürgerin, die auf die Gebrauchsanweisungen von Druckkochtöpfen und auf die Verfalldaten der Lebensmittelpackungen vertraute. Die erste Maßnahme waren die hochhackigen Schuhe gewesen, die Maria für 39,80 DM in einem Laden neben dem Leopold-Kino gefunden hatte. Pumps nach der Mode der Glenn-Miller-Jahre waren Wasser auf die Cowperschen Mühlen des Mannes, ob links- oder rechtsgesinnt, ob Student oder Professor. Und in der Tat war die Hemmschwelle infolge der neuen Schuhe wieder niedriger geworden. Heute hatte es sogar einen jungen Mann gegeben, der sich auf ein richtiges Gespräch mit Maria eingelassen hatte. Ein Student, dunkelblond, in ausgewaschenen Jeans, sechs Fuß Jugend, und dem Blick nach zu urteilen eine Kingsize-Ladung Sehnsucht an den Testikeln. Maria hatte einen Blick dafür, wer außer der Fackel der Freiheit eine Erektion vor sich hertrug. Der Junge heute war scharf wie ein handgewetztes Rasiermesser. *Mitteross.* Echt spitz.

Die Ampel an der Ecke hatte auf Grün geschaltet, das entnahm Maria dem zeitlich um eine Sekunde versetzten Aufheulen der schweren Dieselmotoren. In den ersten Jahren hatte sie bei offenem Fenster geschlafen. Die Lehrerin, die ihr das empfahl, hatte es gut gemeint. Aber die Frau wohnte in Solln, wo nicht soviel Blei in der Luft war, vermutlich auch in einer Wohnung, deren Kellerfenster nicht auf einen starkbefahrenen Autobahnzubringer hinausgingen.

Maria freute sich auf ihr Bett, und sie freute sich auf ihre feuchten Träume. Wie schön, daß man jeden Abend einschlafen und mit seinen Gedanken Kino spielen konnte. Letzte Nacht hatte sie am Aufstand der Theten gegen die Fünfhundertscheffler teilgenommen, allerdings auf der falschen Seite. Sie war an den Pranger gestellt worden, auf dem Marktplatz von Athen, aber dann war Solon gekommen, männlich und herb, und hatte ihr die Fesseln gelöst. Merkwürdigerweise war Solon noch recht jung gewesen, genauso jung wie der Student und ebenso gierig aufs Bett. Maria mußte lächeln, wenn sie an das Gespräch in der Weinschenke dachte und an die handgreiflichen Argumente, die der Weise, ein Mann von Jahren, ins Feld geführt hatte. Zischender Most, das war es wohl, was die Männer in Traum und Wirklichkeit jene Schwelle zwischen Erziehung und Neigung überwinden ließ. Wein, Alkohol. In Deutschland, wo ich aufgewachsen bin, Bier. In München eine Maß, halb Schaum, halb Gerstensaft. Was Gerste war, das hatte Maria erst bei einem Schulausflug in die Gegend des Ammersees erfahren. Spitzes Korn, Ähren mit begrannten Rispen, anders als der rundkörnige Weizen, der in Griechenland bevorzugt wurde. Wie denn überhaupt in Deutschland vieles spitzer, schärfer, widerborstiger war als im Süden.

Es gab eine Farbe, der die schöne Griechin bei ihrem Makeup einen besonderen Stellenwert einräumte. Sie mochte ockerfarbenen Puder, weil er sie an das Rotbraun der Küste vor Kos erinnerte. Die Felswände auf der Heimatinsel waren mit Eisenoxyd und Ton durchsetzt, und Maria hatte herausgefunden, daß vor diesem Hintergrund ihre haselnußbraunen Augen besonders gut zur Geltung kamen. Jetzt, wo sie an den Spaziergang mit ihrem Vater zurückdachte, fiel es ihr wieder ein. Es war in den Ferien gewesen vor acht Jahren, bei einer der wenigen Reisen, die sich die Familie leistete. Stavros Marianopolos hatte seine Tochter, seine *kori*, an der Hand genommen und das Mädchen unter den Felsen an der Ostküste der Insel entlanggeführt.

»Wirst du in Deutschland bleiben, wenn du einmal groß bist, Maria?«

»Und du, Vater? Wirst du in Deutschland bleiben, wenn du in Rente gehst?«

Ihr Vater war wütend geworden. »Ich gehe *nie* in Rente. Das tun Leute, die zu faul zum Arbeiten sind.« Gleich darauf hatte er ihr die Hand gedrückt, um die Rüge wieder gutzumachen. »Ich hab' dich was gefragt.«

»Ich weiß nicht, Vater. Ich weiß nur, daß meine Schulkameradinnen alle am liebsten in ein Land im Süden ziehen würden, nach Italien oder Griechenland, und das sind Deutsche.«

»Du bist auch Deutsche. Du bist in Deutschland geboren.«

»Ich bin Griechin, Vater. Und du bist Grieche. Und das ist gut so.«

Sie nahm das Fläschchen mit dem Make-up-Entferner von der Fensterbank und ging auf den Flur hinaus, wo es ein Waschbecken gab. Leise Radiomusik war zu hören, aus dem Zimmer ihres jüngeren Bruders. Sie ging zur Wohnküche, deren Tür geschlossen war. Die Stimmen der Eltern. Sie tapste zum Waschbecken zurück, knipste die Leuchtröhre an, ärgerte sich über die tote Fliege in der Fassung und benutzte den Wattebausch mit Make-up-Entferner. Mit kreisenden Bewegungen entfernte sie den Lidstrich, dann das Wangenrouge, sanft und doch mit Nachdruck. Sie führte die Bürste quer, nicht von oben nach unten, wie es ihre Kollegin im Waschraum bei McDonald's tat.

»Es hilft nichts, wenn du's quer tust«, hatte Lilibeth gesagt. »Du mußt es machen wie...«

»Wie was?«

»Wie ein Mann, wenn er mit dir schläft. Die Bewegung geht von oben nach unten, verstehst du?«

Maria hatte nur zu gut verstanden, was Lilibeth meinte. Wie Lilibeth lebte, das fand sie allerdings nicht nachahmenswert. Jeden Tag ein anderer Mann. Ex und hopp. Und dann gab es noch die Sache mit dem Tierschutzverein, dem Lilibeth angehörte. Sehr merkwürdig.

»Ich mach's quer«, sagte sie trotzig. »Und dafür ein bißchen länger.«

Lilibeth hatte gelacht. »Länger ist immer gut.«

Maria ließ den Wattebausch, der zwischen ihren Fingern

zu einem scharfkantigen Gebilde zusammengeschrumpft war, in den Korb fallen und begann, ihr Haar zu bürsten. Langsame, nach unten geführte Striche, bis die Hände auf die Hüften stießen. Sie hob den Blick. Griechisch sehe ich ja nicht gerade aus. Dazu ist die Nase zu kurz. Lidfalte fehlt. Die Griechen, die man in München sieht, haben eine Lidfalte. Nicht so das Gelbe von Ei. »Darf ich Sie ins ›Tantris‹ einladen? Mein Vater ist Reeder, und ich mache Filme.« Meist war der Mann dann *kamarotoss*, Steward auf irgendeinem Schiff, und wenn's ins Bett ging, gestand er einem, er wäre viel lieber als Vicki Leandros auf die Welt gekommen.

Sie stellte sich auf die Zehenspitzen, ließ die Brüste unter dem Baumwollstoff wippen und schob die Oberlippe hoch, so daß die Schneidezähne sichtbar wurden. Sie öffnete die Schnur des Nachthemds und begann die Brüste mit Daumen und Zeigefinger zu liebkosen. Immer noch trug sie im Zimmer die Straßenschuhe mit den hohen Absätzen, obwohl ihr die Mutter zu Weihnachten ein Paar Hausschuhe gekauft hatte. Die standen seitdem im Schrank. Frauen, die Hausschuhe anzogen, die hatten mit dem Leben und der Liebe abgeschlossen. Fand Maria.

Sie ging in ihre Kammer zurück und zog die eiserne Tür hinter sich ins Schloß. Deutscher Ordnungssinn, gepaart mit den Bestimmungen des Dampfkesselüberwachungsvereins von 1868, hatte den Wohnkeller der Familie Marianopolos mit kugelsicheren Eisentüren ausgestattet.

Sie blieb vor dem Spiegelscherben stehen und streifte sich das Höschen ab, frei lieb' ich mir das Griechenmädchen. Sie trat einen Schritt zurück, bis der dunkle Wald ins Blickfeld kam, der ihre Scham bedeckte. Sie kniff ein Auge zu. Die Wimpern sahen falsch aus, obwohl sie echt waren. Zu lang. Zu dicht. Zu glatt. Zu glänzend. Aber dagegen gab's wohl nichts. Gegen die beiden Grübchen auf dem Kinn hatte Maria als Fünfzehnjährige mal Bimsstein ausprobiert. Es hatte eine herrliche Narbe gegeben, aber die Grübchen waren geblieben. Allerdings, der Student heute schien Grübchen zu mögen. Deutsche waren seltsame Menschen. Besonders die Männer. Liebten die Fehler der Frau, die Macken.

Sie schlug die Decke zurück und schlüpfte ins Bett. Der Hund des Nachtwächters drüben in der Blutenburg hatte zu heulen begonnen. Wahrscheinlich ein Urenkel von Hitlers Lieblingshasso, der vom Obersalzberg ins Würmtal gefunden hatte, deshalb die Dissonanzen. Der du bist im Himmel. Sie ließ ihre Hand über den Venushügel gleiten, hielt inne, spreizte den Zeigefinger ab. Dein Wille geschehe. Sie begann sich zu streicheln. Quer wie beim Zähneputzen. Also auch auf Erden. Das Donnern eines Tors war zu hören. Die Garagen des Weigandhofs, wo Himmler einst der Kneifer in die Suppenterrine gefallen war. Oder war es Röhm gewesen? Unser täglich Brot gib uns heute. Und unseren blauen Hunderter, aber dazu muß man ja wohl erst Stricherin im Eroscenter werden. Marias Finger hatten den gewissen Punkt erreicht. Und führe uns nicht in Versuchung. *Ochi.* Wirklich nicht? Maria fand, Gott hatte allen Grund sich zu freuen, wenn der Mensch einen verbotenen Blick ins Paradies tat. Was anderes als Sex war die Tür, die ins Paradies führte?

Ich werde einem Mann gehören, beschloß Maria. Nicht jeden Tag einem anderen wie Lilibeth, sondern einem einzigen. Denn Dein ist das Reich. Ihr zuckender Finger war der Engel, der ihr das Tor zum Himmel aufstieß, ein dunkler, südländischer Engel, der indes schon längere Zeit zur Rechten Gottes saß, so daß die dunkle Farbe nicht mehr so fürchterlich wichtig war, und der Himmel war ganz anders als die Kirche, nicht weiß getüncht, ohne grämlichen Messner, ohne Einbruchsicherung und Opferstock, ein Fresko aus Sternen, nur daß die Sterne greifbar waren, greifbar, vergißmeinnichtblau und mild wie der Frühling auf Kos. Marias Fingernagel war der Skorpion, dessen Stich den entscheidenden Reiz auslöste. Die Signale des Gehirns waren ins Rückenmark geflossen, als der Stachel sich krümmte. Als 500 Meter nördlich die Frühschicht in den Kölleschen Gewächshäusern anrückte, erlebte Maria ihren Orgasmus. Die Kraft und die Herrlichkeit. Sie schloß die Augen, erschauderte.

Awrio, dachte sie. Morgen.

3

»Eva, friß!«

Es gehörte zu Dr. Brendles unverzichtbaren Erfolgserlebnissen, wenn seine Siamkatze ihm bei der morgendlichen Begrüßung im Laborflügel des Instituts den Fisch aus der Hand schnappte. Geduldig, mit einem Lächeln auf dem wohlgeschnittenen Gesicht, wartete er, bis Eva den Schwanz verzehrt hatte. Als die Katze vor seinem Schreibtisch die Pfoten ausbreitete, um sich über den Kopf der Beute herzumachen, hatte der Fisch zu zappeln aufgehört. Brendle ging ans Fenster, unter dem sich die Schneise der Verdi-Straße entlangwand, und sah zu dem Haus mit der abblätternden Fassade hinüber. Maria, die hübsche junge Griechin, war die Kellertreppe hochgekommen, er erkannte sie an den roten Schuhen und am hüftlangen Haar. Ihr Kopf war eine milchige Scheibe mit einem dunklen Strich in Augenhöhe. Eine Frage der Dioptrien. Eugen Brendle, 44, Experimentator, pflegte sich seine Kontaktlinsen erst einzusetzen, wenn die Versuche begannen. Um acht. Das Mädchen, das jetzt ins Blickfeld kam, mußte Lilibeth sein. Marias Arbeitskollegin. Sie kam jeden Morgen, um die Griechin abzuholen. Wie schön. Wie vernünftig. Dr. Brendle hatte Verständnis, wenn jemand gern im Team arbeitete. Mensch sein, das hieß zusammenhalten. Die harten Jahre am Physiologischen Institut der Münchener Universität waren von Freundschaften mit anderen Wissenschaftlern überglänzt gewesen. In der gemeinsamen Arbeit hatte sich so etwas wie ein Männerbund entwikkelt, eine Gemeinschaft von Gleichgesinnten. Wahlverwandtschaften waren geknüpft worden, Freundschaften, die Brendle mit viel Herzenswärme und einigen Kartons Rotwein in seine neue Tätigkeit als Leiter des Sauerbruch-Instituts hinübergerettet hatte.

Freundschaften. Männerfreundschaften. Die harte Schmiede des Lebens. Brendle bekam feuchte Augen, wenn er daran dachte. Einer seiner Kollegen hatte ihm, bevor er seine neue Stelle in Amerika antrat, den Wandspruch geschenkt, der jetzt über den Katzenkäfigen hing. ›Hauptsache, die Arbeit macht Spaß.‹ Nun, ihm machte die Arbeit Spaß. Konnte es eine größere Befriedigung für einen Wissenschaftler geben, als Experimente exakt in der Weise nachzuvollziehen, wie sie von Gleichgesinnten in aller Welt vorexerziert wurden?

Maria und Lilibeth hatten sich begrüßt. Brendle sah, wie die beiden zur Bushaltestelle schlenderten. Halb acht. In zehn Minuten würde Marias Mutter – in der Lohnsteuerkarte fungierte sie als Damaia Marianopolos, verheiratet, geboren am 28.11.1946 in Kefalos, Kos, Griechenland – auf der Kellertreppe auftauchen. Sie würde hochgehen bis zum Kreisel, um die Verdi-Straße zu kreuzen, Gastarbeiter gehörten zu den wenigen, die immer auf dem Zebrastreifen gingen. Um Viertel vor acht würde die Frau den von amputierten Ahornbäumen begrenzten Vorgarten des Instituts durchqueren. Brendle brauchte nicht einmal zur Gegensprechanlage zu gehen, um die Tür zu öffnen. Damaia – so nannte er sie mit patriarchalischer Geste – hatte einen Schlüssel, so daß sie auch ohne seine Anwesenheit mit den Reinigungsarbeiten beginnen konnte.

Er verließ das Fenster, begab sich zum Regal und fuhr mit der Hand über die Buchrücken. Das Buch mit dem dunkelbraunen Einband war seine Doktorarbeit, die von beiden Prüfern, darunter Jesen-Jorreit, der schärfste Hund südlich des Mains, mit Eins benotet worden war. *Über die physiologischen Veränderungen bei Felis domestica nach dem Einbringen von* CH_3COCH_3 *in den Verdauungstrakt.* Felis domestica stand für Hauskatze, und CH_3COCH_3 stand für Azeton, und die Arbeit war in der Folge in zwei Veröffentlichungen zur Nagellackforschung zitiert worden, unter anderem von einem Russen. Brendle hatte die Arbeit mit einer in pieksauberem Sütterlin verfaßten Präambel seiner Mutter Wilhelmina zugeeignet, die er sehr verehrte, auch wenn sie ihn bei seinen seltenen Besuchen im Altersheim in der Dall'Armi-Straße nicht mehr erkannte.

Der Staubsauger hatte zu heulen begonnen, und wenige Minuten später betrat Franz Thomae, Brendles Assistent für die Lebendversuche, den Vorraum des Instituts. Sie trafen sich im Labor. Mit einem Knopfdruck schaltete Brendle den Strom für die Elektroden ein, die mit silbernen Knochenschrauben in den Gehirnen der 20 Versuchstiere verankert waren. Katzen waren immer noch das Beste. Am billigsten und zäh. Als er die Tropfer öffnete, die das Testpräparat, einen neuen Weichspüler, 20 Tage lang in die Augen der festgeschnallten Tiere träufeln würden, strich Eva um seine Hosenbeine. Er wäre ihr beinahe auf die Pfoten getreten. Brendle nahm das seidenweiche Geschöpf auf seine Arme und kraulte ihm den empfindlichen Knochenwulst über den Augen. Ein kleines Raubtier. Ein Wesen von Rasse und Klasse, von unvergleichlicher Eleganz der Bewegungen. Unverständlich, daß die Kollegen in Rotchina Siamkatzen in den Versuch nahmen. Andererseits, was konnte man von einem System erwarten, das Ethik als Luxus abtat?

Die zehn Sekunden der Niedrigvoltphase, die vom Hersteller des Geräts, der Firma Sondaz, empfohlen wurden, waren verstrichen. Brendle schob den Regler hoch, und auf einmal erinnerte er sich an Marias Schuhe, Gebilde, die ihm wie Spindeln aus Zuckerwatte erschienen. Für eine Ausländerin machte das Mädchen eigentlich einen ganz adretten Eindruck. Die Erbanlagen des mediterranen Typus, der Hang dieser Menschen zur Unsauberkeit, würde sich erst im fünften Lebensjahrzehnt, beim Klimakterium, manifestieren.

Maria und Lilibeth waren an der U-Bahn-Haltestelle Universität ausgestiegen. Zum McDonald's waren es nur zwanzig Meter. Lilibeth hielt die Glastür auf, und dem Spüler, der hinter der Theke stand, schien Marias schwingender Rock wie ein erdbeerduftender Gruß aus der Unendlichkeit.

Die schöne Griechin war mit der Bestandsliste für die FishMacs fertig, als die Messinggelenke der Tür knackten. Ohne aufzusehen wußte sie, daß es der dunkelblonde Student von gestern war, der Jeanstyp. Sie blies sich die Strähne aus der Stirn und schob das Becken vor. Die Wäschermädchenpose war es, die Geisteswissenschaftlern aufs Fahrrad half, in hartnäckigen Fällen mimte Maria auch schon mal die Christel von der Post. Sie vergewisserte sich, daß der Spüler, ein Türkenjunge, in die Mülltonne weggetaucht war, dann stützte sie sich mit beiden Armen auf die Kasse und beugte sich vor. Es gab ein leises *sssuck*, als die üppigen Brüste aus dem Ausschnitt rutschten. Sie sah, wie Lilibeth das Standbein wechselte, und sie wußte auch, warum. Die wollte dem Kunden ihr Profil vorführen. Aber der junge Mann hatte bereits gewählt. Er war vor Kasse 3 getreten, die von der Griechin bedient wurde.

Maria wartete mit dem nächsten Haken auf ihrer Liste, bis sie ihn einatmen hörte. Sie straffte ihr Handgelenk, und dann entstand auf McDonald's Abrechnungsformular, zweite Spalte rechts, eine schattengesättigte Caspar-David-Friedrich-Schwalbe, so kühn, so unverschämt romantisch, daß Hans, so hieß der Student, die Trockenheit an seinem Gaumen hochklettern spürte. Er vergaß, was er hatte sagen wollen, und Maria stand da, war schön, jung und griechisch und nahm auf das nächste Häkchen Anlauf.

»Wer hat, der hat«, hörte sie Lilibeth sagen. Eine Anspielung auf die dreieinhalb Pfund Busen, die an Kasse 3 zur Schau gestellt wurden, und das Quentchen Bitterkeit, das Lilibeth in die Bemerkung einfließen ließ, war Angst vor dem Vergleich und sonst gar nichts, das spürte die Griechin mit der Sicherheit, mit der eine genähte Wöchnerin das Herannahen des Islandtiefs spürt. Sie hatte es nicht eilig, ihre Tutteln wieder in den Kittel zurückzubefördern, wo sie – wenn man die Dinge streng unter dem Blickwinkel des Dienstvertrags betrachtete – hingehörten. Wenn es um die Großhirnrinde des Kunden ging, dann hatte es sich als vorteilhaft erwiesen, wenn man ihm nicht nur die Busenfurche zeigte, sondern auch die weiße Üppigkeit, die beiderseits des Grabens aus der Bluse wuchs. Auf einen großen Busen reagierten die Männer wie Computer, da gab es nur 1 oder 0. Wer Brüste mochte, der wollte sie auch sehen, nicht mit Stoff umhüllt, sondern nackt.

Der junge Mann, der vor Theke 3 wartete, bekam ein volles Auge mit, dafür sorgte Maria mit der Freigiebigkeit der Orientalin. Geben und nehmen, darin lag das ganze Geheimnis der mediterranen Glückseligkeit. Der Kunde bekam ein Auge voll *vita greca*, und sofort bestellte er ein Laß-es-reinlaufen-Mac für 3,80 DM, auch wenn er nur wegen eines Spar-Macs Marke Chefarztgattin nach Brigitte-Diät reingekommen war. Melina hatte das Problem mit Lilibeth von Kasse 1 durchgesprochen, die sich aus einem abgebrochenen Medizinsemester an die biologischen Zusammenhänge erinnerte. Der Appetit der Männer auf Eiweiß und Frauen hatte was mit Sehnerv und Zirbeldrüse zu tun.

Der Student musterte die Leuchttafel mit den So-oder-anders-Macs, Cola klein, Cola groß, und spucken Sie ihren ausgelutschten Kaugummi bitte nicht in unsere Zentrale Datenverarbeitung, und dann glitt sein Blick zu Melinas Schenkeln, deren Muskeln sich unter dem dünnen Stoff abzeichneten. Das Mädchen hatte hüftlanges Haar, noch naß vom morgendlichen Duschen, was bei Hans die Vorstellung auslöste, sie sei auf allen vieren, umspült vom Ägäischen Meer, begleitet vom Tremolo des Chopin-Larghettos Konzert No. 1, rund um ihre Insel gekrochen. Das Haar war leuchtend schwarz, mit zwei Schleifen in den griechischen Farben. Beim Besuch des McDonald's-Obernörglers aus Frankfurt hatte Maria durchgesetzt, daß sie ihr Haar so lang tragen durfte, wie der Gott der Griechen es wachsen ließ. Sie trug den beschnittenen Kittel, der dieser Filiale das Flair eines Artistenbüros verlieh, einer Agentur, die sich auf die Vermittlung von Assistentinnen für Zauberkünstler spezialisiert hatte, durch und durch versexte Assistentinnen, die ihren Mangel an sittlicher Reife durch den Goldenen Schnitt ihrer Schamfuge ausglichen. Als der Student, erster Kunde des Tages, das Schnellrestaurant betrat, hatte Maria mit den Hüften zu wippen begonnen.

Bestes Bogenhausen. Oder Grünwald. Vater scheffelt Frauenheilkunde, mein Pflaumenbaum ist der schönste Baum. Oder Mandeln. Vater macht Hals-Nasen-Ohren. Wie der Junge im Bett wohl rüberkommt? Die Griechin wußte, die

Schwabinger Studenten hatten ziemlich Druck auf dem Schlauch, weil sich die Mädchen in den ersten Semestern lieber von ihresgleichen befingern ließen. Wir linken Weiber müssen zusammenhalten, hatte eine marxistisch organisierte Sonderschullehrerin zu Maria gesagt, und dann hatte sie ihr die abgekauten Nägel in die Bluse geschoben, vor drei Jahren, als die Griechin ›links‹ noch für eine Vokabel aus Burdas Schnittmusterbögen hielt.

Sie betrachtete den Haaransatz an den Schläfen. Ein Germane. Ein Vertreter des auserwählten Volkes. Und Gott sah, daß es gut war. Ich weiß, was du denkst, und du weißt, daß ich es weiß. Sie ließ die Brüste in ihr Gefängnis zurückgleiten und hörte, wie der junge Mann aufatmete. Sie wagte nicht aufzusehen. Mein Gott, warum muß ich hundertmal am Tag ans Schlafen denken? Gibt es denn nicht das Rote Kreuz, an das ich denken könnte? Gibt es keinen Sahelgürtel? Erfahrung und Erfüllung, was bedeutet mir das? Was bedeutet mir Familie und Staat? Was ist Recht, was ist Pflicht, und wo beginnt die Lust? Wie wichtig ist mir das Glück der anderen? Ist es wirklich schon eine sittliche Handlung, wenn ich mit der nächsten Selbstbefleckung bis zur großen Wäsche warte?

Der Kunde hatte den Kopf gewandt, so daß sie die Linien seiner Stirn abtasten konnte. Sie tat es, ohne die Hände aus den Kitteltaschen zu nehmen. Bißchen verträumt, der Typ. Bißchen kopflastig. Viel Vorspiel, und wenn das Telefon läutet, geht's nicht mehr. Müßte man rausfinden. Ihr Blick glitt über das Kinn zum Gürtel und von dort zur Hose. Kein Ständer. Andere Männer bekommen ihn hoch, wenn sie mich ansehen. Du nicht? Mensch sein ist, wenn man den anderen bemerkt. Ich bin ja schließlich nicht zu übersehen. Merkst du nicht, daß ich's besorgt bekommen will? Von dir, mein Junge, nur von dir. Ohne Protokoll, du brauchst mir nicht mal deinen Namen zu sagen.

Sie stellte die Schuhspitzen auseinander und spürte, wie ihr der Zwickel des Höschens in den Schritt rutschte. Langsam wie die Bundespost. Dann hob sie den Blick. Das Wichtigste sind die Augen. Muß ihn aus großen, dunklen Augen ansehen. Meine Pupillen müssen sich weiten, damit er an nichts anderes mehr denken kann, nur eben daran. Papi Freiberufler, Sohn Romantiker. Jeans werden zehnmal in die Maschine gesteckt, damit sie getragen aussehen, diese Art. Mögen, wenn man sie fixiert. *Incubus, succubus*, such's dir aus. Und jetzt stellst du dir vor, ich bin eine von den Frauen, die sich beim Bauchtanz die Hundertmarkscheine in den BH schieben lassen. Cher Bono mit der Diamantenquaste im Bauchnabel, und das Ding rotiert wie Gorbatschow, den sie mit Petra Kelly und Alice Schwarzer in den Fahrstuhl eingeschlossen haben. Ich glaube, das darf man nicht mal einem Russen antun. Wie öffne ich mein Messer, ohne die Hand in die Tasche zu stecken? Siehst du, so. Jetzt weiß ich auch, warum Thaimädchen immer so lächeln, wenn von Frühlingsrolle die Rede ist. Sie meinen in Wirklichkeit den Schwanz. Du bist also fest entschlossen, mit einer Granate in der Hosentasche in Schwabing rumzulaufen. Schäm dich. Und wenn du mit dem Schämen fertig bist, paß auf. Ich werd' jetzt den Mund öffnen. Ich werd' was sagen, was deinen Adrenalinspiegel steigen läßt. Lippe geht hoch, Wange wird hohl, so einfach ist das. Gut so? Du kommst vom bloßen Zusehen, wenn ich so weitermache. Besser nicht. Wer wischt das auf? Ich nicht.

Er schluckte vor Verlegenheit, und Maria senkte den Blick, bis das Band ihrer Wimpern die Wangen beschattete. Der Fall war klar. Der Junge brauchte ein Mädchen. Eine, die es faustdick hinterm Sakralmark hatte.

»Ja«, sagte sie.

»Wie bitte?«

»Nichts.« Sie beugte sich über die Liste. »Bin gleich fertig.«

Aber es war gar nicht so einfach, fertig zu werden, wenn sie sich nicht berühren durfte. Maria spannte die Schenkelmuskeln an und lockerte sie. Eine Lustschaukel besonderer Art. Ein Löffel für *Mitera*. Ein Löffel für *Aselfi*. Ein Löffel für *Jaja*. Mutter, Schwester, Großmutter.

Könnte 24 sein. Gar nicht übel, der Typ. Leider ein bißchen zu jung. Jeans mit weiten Hosenbeinen. Läßt er sich wohl aus Hongkong einfliegen, in München gibt's so was nicht. Der Student trug ein Buch unter dem Arm. Sie legte den Kopf schief und hielt sich das Schiffchen auf dem Kopf fest. Es gelang ihr, den Titel zu entziffern. *Marx und die spätkapitalistische Phase.* In welcher Phase des Kapitalismus sie lebte, das gehörte zu den Problemen, über die Maria eigentlich nur nachdachte, wenn sie tief und traumlos schlafen wollte. Lilibeth, die einige Male in die UdSSR gereist war, hatte ihr mit einer Mischung von Spott und Resignation von ihren Erfahrungen im Osten berichtet. »Im Ostblock findest du keine Kommunisten. Die gibt's nur bei uns, auf den Unis.«

»Und warum gerade da?« hatte Maria gefragt.

»Weil Studenten die einzigen sind, die genug Zeit haben, um über so was Geisteskrankes nachzudenken.«

»Findest du es geisteskrank, von der Freiheit zu träumen?«

»Solange es beim Träumen bleibt, ja.«

Maria war überrascht, so kannte sie ihre Freundin nicht. »Jedem eine Maschinenpistole, und die Welt ist wieder in Ordnung, meinst du das?«

»Ich meine, daß es ganz schön zynisch ist, Freiheit für die Dritte Welt zu predigen und soziale Gerechtigkeit, und während ein Typ das sagt, rekelt er sich in einer Wohnung, die jeden Monat zweitausend Mark Miete kostet, trinkt Kaffee, den irgendeine Indianermammi für fünf Pfennig die Stunde gepflückt hat, und mampft Ananas, die von Kindern geerntet worden sind, von Hungergestalten, die überhaupt kein Geld für ihre Arbeit kriegen.«

Maria nickte. »Ich find's ganz richtig, wenn man klar sagt, wo es solche Ungerechtigkeiten gibt. Man kann die Dinge schließlich nicht lassen, wie sie sind.«

»Die Dinge bleiben ja auch nicht, wie sie sind.«

»Du meinst, die Veränderungen ergeben sich von selbst, ohne daß man in die Entwicklung eingreift?«

»Was Arm und Reich angeht, ja. Es gibt andere Bereiche, wo man aktiv reingehen und was ändern muß.«

»Das wollen die Studenten doch auch. Etwas ändern.«

»Das ist nur Mache für die Freunde im Hochschulbund, die normalerweise tief rot sind. Sobald so ein junger Mann seine Facharztpraxis hat oder seine Referendarstelle, dann will er nichts mehr, außer Geld verdienen. Dann ist es vorbei mit dem Putz.«

»Mit Putz meinst du die Demonstrationen gegen das Regime in Chile und Honduras, nicht?«

»Und die Demonstrationen gegen die Apartheid, die Aktionen für Zimbabwe. Alles nur Schau. Sobald es Mode wird, die Schwarzen in den Hintern zu treten, treten die gleichen Leute so fest zu, daß sie sich den Fuß verrenken.«

»Du sprichst immer nur von den anderen. Wie stehst du denn selbst dazu? Klinkst du dich völlig aus, wenn's um Politik geht?«

»Ich finde, Voltaire hat recht«, sagte Lilibeth.

»Und was sagt Voltaire zum Thema Freiheit?«

»Daß es Freiheit nur in deinem Kopf gibt – und daß Chaos in der Welt der Normalzustand ist.«

»Und der Ausweg?«

»Der Ausweg führt ins Haus zurück. Im Fall von Voltaire in den Garten. Jeder bestellt seinen Garten, so gut es geht.«

»Seinen Garten?«

»Sein Fließband, seinen Schreibtisch, seine Registrierkasse.«

Jetzt, wo der junge Mann vor ihrer Registrierkasse stand, fiel Maria das Gespräch mit der Freundin wieder ein. Was sie an Lilibeth bewunderte: Das Mädchen war eine Tiefstaplerin. Die behauptete, sie nähme keinen Anteil an politischen Tagesfragen, dabei engagierte sie sich, wie Maria wußte, für den Umweltschutz und gegen Tierversuche.

Sie war sicher, daß der junge Mann nicht aus Zufall an Kasse 3 gelandet war. Sie stand ihm jetzt so nahe, daß sein Atem an ihren Schläfen zu spüren war. Goldene Uhr. Maßhemd. Nicht so gut. Sie wußte von Freundinnen, wie so was meistens endete. Die Kluft zwischen einem Studenten, der in zehn Jahren seine erste selbstverdiente Million in die Schweiz schaffen würde, und einer Arbeitertochter, die sich für acht Mark Stundenlohn das Höschen vollschwitzte, war schwer zu überbrücken. Meist war es das Mädchen, das nach einer Weile den Rückzieher machte. Die Mutter hatte Maria gewarnt. Du mußt in deinem Stand bleiben, Mädchen.

Ich werde *nicht* in meinem Stand bleiben, beschloß die schöne Griechin. Ich werde mir den Mann holen, der gut für mich ist. Wenn er Geld hat, das schadet nichts. Mit Geld weint sich's leichter. Überhaupt bin ich im Bett mit einem Studenten besser bedient als mit einem Hauptschüler. Reich fickt besser. Jedenfalls länger, tiefer und mit Licht. Alte griechische Bauernregel. Wenn das man stimmte...

Ich muß ehrlich sein mit mir selbst. Ich darf nicht nur ans Bett denken. Ich will nicht nur fertiggemacht werden. Ich möchte, daß der Mann mich liebt. Ich möchte ihn glücklich machen, so wie meine Mutter meinen Vater glücklich macht.

Andererseits, was war so schlimm an Sex? Angeblich hatte eine sexuelle Befreiung stattgefunden in Deutschland. Aber das spielte sich wohl mehr in den Magazinen oder in Filmen ab.

Auf der Münchner Uni ging es jedenfalls nicht gerade erotisch zu. Maria fand, es war zum Kotzen, wie die Studentinnen lebten. Was die taten, taten sie im Takt der Semesterprüfungen. Der nächste ›Schein‹. Mit Männern ging nicht viel. Zum Wochenende der Besuch bei der Freundin. Bettdeckenspiele. Oh, liebe Marion, wenn du genauso weitermachst, nur noch ein bißchen weiter links, bekomme ich in drei Stunden einen Orgasmus, und vielen Dank auch.

Marias Hand war in die Tasche des Kittels geglitten. Sie schob den Finger tiefer und spürte, wie sich die Taschennaht weitete. Ich bin's jetzt leid, mit Sechzehnjährigen auszugehen oder zum Wochenende mit dem Rad rauszufahren. Du kriechst mit dem Typ ins Zelt, es riecht nach Gummi und zertretenem Löwenzahn, und du schwitzt, bis dir die Haare auf den Brüsten festkleben, aber der Junge wagt nicht mal seine Hose auszuziehen, weil er sich keine schwangere Freundin leisten kann, das Mädchen soll nicht fruchtbar sein, nur geil und offen wie das Loch in der Gitarre.

Blieb die Gretchenfrage: Warum nimmt mich niemand her, bis mir Hören und Sehen vergeht? Es war eine Frage, die wohl nicht einmal Hochwürden Stefanopolos beantworten konnte. Die meisten jungen Männer in München schienen sich für ganz andere Dinge zu interessieren als Maria. Entweder sie saßen in den städtischen Freizeitheimen herum, wo bärtige Freizeitideologen den kommunistischen Käse von vorgestern aufkochten, oder sie sparten auf eine Tausend-Kubik-Honda, so daß sie für Heterosexuelles ausfielen, oder sie geisterten in seidenen Pluderhosen über den Feilitzschplatz, wo sie mit einer Nachteule von der Feministinnenriege über die Beschneidung der Haussafrauen diskutierten.

Hans hatte einen Zehnmarkschein auf den Zahlteller gelegt. Marias Blick glitt über den Reißverschluß seiner Hose und blieb an der Öse hängen. Na endlich. Wir haben eine wunderschöne Erektion. Jetzt überleg mal, wo du's hintun könntest. Wo die Not am größten ist, da ist Marias Mäuschen am nächsten.

Das Rauschen des Saftquirls erlosch. Es gab ein eigenartig anmutendes Geräusch, als die Naht in Marias Kitteltasche platzte. Ihr Zeigefinger kroch auf der Magengrube entlang, bis die Fingerkuppe das Gummiband des Höschens erreichte. Sie achtete darauf, daß ihre Fingerknöchel sich auf dem Kittel abmalten. Sie nickte zufrieden, als der Student große Augen bekam. Fünfzig Sekunden waren vergangen, seit er das McDonald's betreten hatte.

»Nun?«

»Einen Big Mac.«

»Mit?«

»Ja.«

»Scharf?«

Im Transistorradio kam, fetzig, fetzig, ›Nine to Five‹, der Titelsong von ›Warum bringen wir unseren Chef nicht um?‹ Es war schwierig, einen Chef umzubringen, der schon tot und begraben war, fand Maria. Und vielleicht auch gar nicht wünschenswert. Seit die christliche Idee auf den Schlachtfeldern Europas badenging, war die McDonald's-Kette das einzige Band, das den Westen einte. Süßes Gefühl, den Blick des Jungen auf den Schenkeln zu spüren. Muß das Bein vorstellen, damit die Säume des Slips sichtbar werden.

»Gut so?«

»Wie meinen Sie?«

»Ob der Ketchup richtig ist. Ich hab' scharf, und ich hab' normal.«

Er zögerte. »Ich möchte scharf.«

Sie legte eines der zugeschweißten Briefchen mit scharfem Ketchup auf die Theke. ›Nine to Five‹ war leiser geworden. Thomas Gaitanides, der Sprecher von Bayern III, begann ein Gespräch mit jemandem in Brüssel. Es ging um den Hodenbruch des europäischen Stiers. Gaitanides sprach belegt, sanft kritisch, aber nachdrücklich verbrauchernah. Und dann kam wieder Dolly Parton ›Nine to Five‹. Lieb, wie das Mädchen durch die Nase sang. Nashville. Ob ich mich nicht lieber in Amerika entjungfern lasse, mit Mundschutz und Betäubung? Sie tippte den Preis ins Zählwerk und griff hinter sich, bekam die Polyesterpackung zu fassen und legte sie auf die Platte. Als der Kunde den Big Mac fortnehmen wollte, schnippte sie das Folienbeutelchen mit dem Ketchup über den Thekenrand. »Tut mir leid.« Sie feuchtete den Finger mit Spucke an und klebte sich die Strähne, die ihr ins Gesicht hing, auf die Schläfe. Sie sah ihm zu, wie er das Briefchen vom Boden aufhob und auf sein Tablett legte. »War's das?«

Er war so erstaunt, daß er zu antworten vergaß, und Maria ahndete das, indem sie ihn aufs Wechselgeld warten ließ. Sie stand neben ihrer Kasse, der schönsten aller McDonald's-Kassen, lockte mit der schönsten aller griechischen Pflaumen, wippte mit den weichesten und rundesten Brüsten der westlichen Welt, zuckte mit dem schönsten Hintern auf der ganzen Leopoldstraße und tat, was der Gründer der amerikanischen Kette ein für allemal verboten hatte, sie ließ den Kunden warten. Hans hatte den Blick gesenkt. Inzwischen müßte er gemerkt haben, daß ich eine Ausländerin bin. Nun das Preisrätsel. Was für eine?

Maria erinnerte sich an einen Mann, der neulich in der S-Bahn neben ihr gesessen hatte. Er hatte das Mädchen mit den langen schwarzen Haaren angestarrt wie ein Weltwunder, und dann hatte er seinen ›Bayernkurier‹ sinken lassen.

»Du Ausländer?«

»Ja.«

»Ich deutsch.«

»Wenn du Deutscher bist, warum sprichste dann so komisch?«

Der Mann war aufgestanden und hatte bei der nächsten Haltestelle die S-Bahn verlassen.

Ob du überhaupt weißt, daß es eine Insel namens Kos gibt? Die Insel, wo die Stoffe für die Gewänder der Römerinnen hergestellt wurden. Stavros Marianopolos hatte mit seiner Frau geschlafen, in der Nacht, bevor sie die Reise nach Athen und Deutschland antraten. Neun Monate später kam das Mädchen zur Welt, und die Eltern hatten die Kleine in der Münchner Theatinerkirche auf den Namen Maria taufen lassen, zu Ehren ihrer Großmutter. Das Mädchen war deutschsprachig aufgewachsen, nur in der Familie sprachen sie Griechisch, und seit Maria denken konnte, wunderte sie sich, daß der Hauswirt ihrem Vater für die Kellerwohnung doppelt soviel Miete berechnete wie dem deutschen Ehepaar, das die Etage darüber bewohnte. In der Volksschule in Untermenzing war sie Klassenbeste gewesen. Von der Oberschule war sie mit dem Einjährigen abgegangen. Sie konnte nicht viel anfangen mit der verwöhnten Jugend des Münchner Mittelstandes, mit den blaßgesichtigen Jungen und Mädchen, die zwischen Legasthenieklasse, Förderkurs und Klopause hin- und herwankten. Maria war entschlossen, Geld zu verdienen. Geld war Freiheit. Als ihr eine Freundin von dem Job erzählte, der bei McDonald's an der Leopoldstraße zu besetzen war, überlegte sie nicht lange. Sie wollte den Fuß in die Tür kriegen.

Sie hielt ihre Brüste untergefaßt und wartete, bis er sie ansah. Du läßt Brunnen quellen in den Gründen.

»Trinken möchten Sie nichts?«

»Bitte ein Cola.«

Wie schön, dachte Maria. Das Salz Bayerns und der Sohn aus gutem Hause, aber was eine kleine Griechin sagt, das geschieht. Wenn das deine Mutti wüßte! Die Stelle aus dem Spillane-Krimi kam ihr ins Gedächtnis. Das Go-go-Girl hatte dem Cowboy eine runtergehauen. Der Dialog, der folgte, war entwaffnend.

»Oh, was bist du gemein.«
»Das walte Gott.«
Daß man gemein war gegen andere, das galt in der deutschen Ellenbogengesellschaft – so schien es Maria – als Tugend. Es war eine Regel, die sie sich nicht aufzwingen lassen würde, nicht einmal um den Preis des Erfolgs. Sie reichte ihrem Kunden den versiegelten Becher und stieß mit dem Fingerknöchel an die Wandung, bis die Würfel klirrten. »Sie wollen doch mit Eiswürfeln, oder?«
»Danke.«
Er hatte sich in den hinteren Raum gesetzt, wo der Türkenjunge auf den Knien lag und den Fußboden mit Verdünnerflüssigkeit bearbeitete. Maria sah auf die Uhr. Es dauerte acht Minuten, dann hatte der Student seinen Big Mac verzehrt. Er lehnte sich zurück und trank sein Cola. Erst als Maria abräumen kam, überwand er die Hemmschwelle.
»Ich hab' Sie hier noch nie gesehen«, log er.
»Ich arbeite Frühschicht.«
»Deshalb.«
Maria lachte. »Da schlafen Sie wohl noch.« Sie spürte, wie es auf dem Grunde des Kessels zu brodeln begann. Gleich würden die ersten Bläschen hochsteigen. Wie schade, daß sie keine Hand freihatte. Herr, laß Milch und Honig fließen auf jene, die von deiner Herrlichkeit zeugen, und wenn's dunkler Waldhonig ist, dickflüssig, mit dem Beigeschmack nach Harz und Mann, weihe ich dir mein erstes Kind, so wahr ich Maria Marianopolos heiße.
Es war ihr gelungen, die Aufschrift auf seinem Kollegheft zu entziffern. *Hans Visselle.*
»Ist das eine feste Stelle, wenn man bei McDonald's...«
»Ich bin in fester Stellung«, sagte sie. »Sie können mich jeden Tag wiedersehen, wenn Sie *das* meinen.«
Und natürlich meinte Hans Visselle *das*, da war die schöne Griechin ganz sicher. Das deutsche Eichhörnchensyndrom. Der junge Herr hatte Angst zu verlieren, was er noch gar nicht besaß. Sie mußte lächeln. Hat Angst, daß ich mein Mäuschen in den Käfig sperre. Aber du hast es mit *Mus vulgaris Kos* zu tun, der freilebenden Wildform aus der Ägäis, nicht

mit der mitteleuropäischen Hausmaus *Mus zetkin frustrus*, die meist Kopfschmerzen hat, wenn sie gebumst werden soll. Überhaupt wäre ich bereit, mich vor dir bis aufs Höschen auszuziehen. Du bräuchtest mich nur in den Englischen Garten zu begleiten. Fünf Minuten, die sich lohnen. Ich würde beginnen, indem ich mir den Reißverschluß am Rock öffne. Kurzer Blickwechsel. Gefällt dir mein Hintern? Meine Schenkel? Meine Waden? Jetzt die Bluse. Runter damit. Wie findest du meinen Busen? Warum kommst du nicht näher und faßt mich an?

»Sie kommen nicht aus München, oder?«

Maria hatte den obersten Knopf an ihrem Kittel geöffnet und nestelte an dem Kreuz. »Eben doch. Ich bin in München geboren.«

»Aber...«

»Meine Eltern sind Griechen.«

Er schwieg.

Sie ließ die Muskeln am Hals zucken, das wirkte eigentlich immer. Wenn man den Spiegel ganz stillhält, entzündet sich das Stroh. So.

»Wie heißen Sie?« kam die Frage.

Sie sah zur Tür. Eine Kundin war eingetreten. Ein Mädchen in Pumphosen, mit Krankenkassenbrille und Mogadon-Augenringen. »Warum fragen Sie?« sagte Maria, zu dem Studenten gewandt.

»Damit ich dich mit deinem Vornamen anreden kann.«

Sie stieß ihren Zeigefinger in die Busenfurche, eine Geste vollkommener Unschuld. »Ich heiße Maria.«

»Wie die Sängerin?«

»Seh' ich aus wie 'ne Sängerin?«

»Eigentlich nicht.« Er dachte nach. »Ich heiße übrigens Hans. Visselle.«

»Zum Studium in München?«

»Ja. Ich studiere Politologie.«

Maria lachte. »Bis du heiratest, heilt das wieder.«

Er stimmte in ihr Lachen ein, und dann kam – Pallas Athene, ich danke dir –, worauf Maria seit einer Viertelstunde wartete, die Frage, was sie denn davon hielte, ob sie überhaupt Zeit hätte, und ob es günstig sei gleich nach fünf, und ob...

Sie schloß ihren Kittel. Er stand auf. Sie nahm das Tablett und ging vor ihm her.

Sie hatten die Kasse erreicht. Maria wandte sich um und sah ihm in die Augen. »Zehn nach fünf. Paßt das?«

4

Das erste Mal waren sie in den Biergarten am Chinesischen Turm gegangen. Das zweite Mal regnete es, sie schlenderten die Türkenstraße entlang und sahen sich die Fotos in den dezent verdrahteten Programmkästchen des ›Türkendolch‹-Kinos an. Linker Kasten etwas Unsägliches aus dem chilenischen Untergrund, rechter Kasten eine Schweizer Sennerin mit dicken blonden Zöpfen und Brüsten, die beim Rennen auf und nieder hüpften. Die Sache erinnerte Maria an die Mägde auf den Gehöften ihrer Heimatinsel Kos. Ihr Vater hatte ihr davon erzählt. Der Gutsbesitzer hatte zur Rechten die Ehefrau zum Repräsentieren und zur Linken drei bis vier Mägde, die den Bedürfnissen der griechischen Männerseele Genugtuung verschafften, und diese Bedürfnisse mündeten auf Kos traditionell in die Schamfuge der Tagelöhnerin ein, die auch gleich für den Nachwuchs an Erntehelfern sorgte. Wenn der Gutsbesitzer schielte, dann schielte sein Gesinde bis ins fünfte Glied, und wenn der Mann eine Vorliebe für Mädchen mit einem Sprachfehler hatte, dann umgab er sich auf Generationen mit einer Dutzendschaft lispelnder Halbgöttinnen, die sich im Schatten der Olivenhaine für den Beischlaf mit Zeus bereithielten.

Sie sahen ›Krieg der Sterne‹, als Maria ihm den ersten Kuß gewährte. Luke Skywalkers ranke Zwillingsschwester wand sich in der Gewalt des Imperators, die Griechin öffnete die Lippen und ließ die Zungenspitze ihres Liebhabers in ihren Mund eindringen. Als seine Hand zu ihren Schenkeln glitt, ergriff sie ihn beim Handgelenk. Auf der Leinwand tobte der Kampf um den Todesstern und um Leias Hymen, das mit zwei Quadratzentimetern die dunkle Seite der Macht symbolisierte.

Vier Wochen waren vergangen, als der junge Mann die

Griechin auf ein Eis im ›Möwenpick‹ am Lenbachplatz einlud. Sie bestellten ›Twin Cup‹, den Freundschaftsbecher mit Apfeleis und gefrorenem Karamelbruch, der beim Zerbeißen ein ganz unschweizerisches Geräusch abspaltete. Sie hatten einen Platz an der Theke gefunden, nachdem sich zwei Callgirls zur gegenseitigen Erforschung auf die Toilette in den Eingeweiden des Lenbachhauses zurückgezogen hatten. Hans aß schneller als Maria, und zum Schluß saß sie zu ihm gekehrt, und er leckte ihr die gefrorenen Bröckchen von der Zunge, Atzung, Mutterbindung und Flirt, alles in einem.

Sie kannten sich sechs Wochen, als Hans mit Maria nach Bad Tölz fuhr, wo er sie, nach einem Spießrutenlauf zwischen den Andenkenläden mit Kuckucksuhren und Pflümlischnaps, ins Wellenbad ›Alpamare‹ führte. Maria mußte lächeln über die Palmen, die das Management in die Traglufthalle gestellt hatte. Palmen, so fand die Griechin, waren unnütze Bäume, solange nicht Datteln drauf wuchsen, und wenn jemand gern süße, klebrige Datteln aß, dann stellte sich die Frage, warum er seinen Drang nicht gleich im oralgenitalen Triebaustausch mit seiner Verlobten befriedigte, jedenfalls schob sich die Griechin in der falschen Richtung durch alle verfügbaren Drehkreuze, und dann fing sie sich eine Rüge vom Bademeister ein, weil sie eine Haarsträhne aus der Badekappe schauen ließ.

Später saßen sie auf der Wiese und sahen dem Mann zu, wie er, einen braungekauten Zahnstocher im Mundwinkel, am Beckenrand auf und ab marschierte. In Griechenland gab es Arm und Reich. Der eine hatte was, und der andere nahm es ihm weg. In Deutschland waren die Rollen anders verteilt. Die einen taten was, und die anderen verboten es ihnen.

Es war dunkel geworden. Sie waren auf der Heimfahrt nach München, die Kapelle war vorüber, das Autowrack von Zossenhofen und die kilometerbreite Schneise aus summenden Überlandleitungen, die das E-Werk im Hinblick auf den Energiebedarf im wiedervereinigten Deutschland durch Haine und Auen hatte schlagen lassen, wo sie am grünsten und saftigsten waren. Hans war so gut gelaunt, daß er einem Bauern die Vorfahrt gewährte, und Maria war kaum überrascht, als der Mann ihm zum Dank den Vogel zeigte.

Hans hatte das Verdeck geöffnet. Es war warm draußen, Ende Juni, und die Sterne leuchteten, blaue Scheibchen auf einem Faltenwurf aus Samt, Sterne, denen die Grenzen auf der Erde, jene zwischen Deutschland und den Mittelmeerländern und auch die Grenzen zwischen griechischen Gastarbeitertöchtern und deutschen Studenten ziemlich egal waren.

Sie hatte sich in seinen Arm gekuschelt, er lenkte mit der linken Hand. »Hast du Geschwister?« fragte sie.

»Eine Schwester.«

»Wie alt?«

»Sechsundzwanzig.«

»Verheiratet?«

»Ich glaube nicht, daß die je heiratet. Könnt's mir auch nicht vorstellen, wie die ein Kind zustande bringt.«

»Keinen Mann?«

»Barbara hat einen Freund, aber der hat gerade sein Drittstudium begonnen. Setzt immer noch eins drauf, aus lauter Angst, daß er je ans Arbeiten kommt. Wie ich das sehe, sitzt der mit Fünfzig immer noch im Hörsaal.«

»Und was sagen deine Eltern dazu?«

»Mein Vater ist ziemlich eingespannt mit seiner Praxis. Viele Scheine.«

»Und deine Mutter, was sagt die dazu, wenn deine Schwester sitzenbleibt?«

»Trägt's mit Fassung. Die hätte wahrscheinlich ganz gern, wenn die Tochter daheim wohnen bleibt.«

»Hat deine Schwester einen Beruf?«

»Vollzugsbeamtin.«

»Bitte noch mal.«

»So wie ich's sage. Barbara arbeitet im Gefängnis. Schließt die Türen auf und zu. Was man so im Knast macht.«

»In einem Frauengefängnis?«

Er nickte.

»Finde ich richtig abenteuerlich.« Maria dachte nach.

»Gibt's eigentlich keine Männergefängnisse, wo Beamtinnen Dienst tun?«

»Willst du dich bewerben?«

»Würdest du was ausfressen, damit ich dich bewachen kann?«

»Wenn's sein muß, gerne. Aber könnten wir das nicht außergerichtlich regeln?«

»So was nennt man dann einen Vergleich, oder?«

»Richtig.« Er bog in die Grünwalder Straße ein. »Dr. Menz sagt immer, es geht nichts über einen gesunden Vergleich.«

»Dr. Menz?«

»Vaters Anwalt. Wenn du uns besuchen kommst, wirst du ihn kennenlernen.« Er neigte sich zu ihr und küßte sie. »Was wird nun aus unserem Gefängnisprojekt?«

»Ich weiß nicht, ob ich das übers Herz brächte, einen Menschen einzuschließen.«

»Und wenn er dich drum bittet?«

Sie musterte ihn prüfend. Es war eine merkwürdige Frage. Ein Gedanke, der ihr angst machte. »Gerade dann nicht.«

Er umrundete das Siegestor zwischen Ludwig- und Leopoldstraße und bog zur Akademie ein. Kopfsteinpflaster und ein Safariwagen, der zum Verkauf stand. Eine Alte mit dem Gesicht einer Metzgersfrau führte ihren Bernhardiner spazieren.

Sie fuhren an der lehmgelben Fassade des britischen Konsulats vorbei. Der Union Jack hing draußen, eine vier Meter lange, taufeuchte Zunge. Hans parkte den Wagen in einer Lücke vor ›Schreibwaren Johann‹. Es gab zwei Töchter, die in dem kleinen Laden bedienten, beide von der verklärten, zurückhaltenden Art, so daß Hans sich oft gefragt hatte, ob die je Pipi machten oder ob sie's als marokkanisches Rosenwasser ausschwitzten. Er führte Maria entlang des Schaufensters mit dem Aushang ›Hier keine Uni-Formulare‹. Sie drückten sich an einer Stadtstreicherin vorbei, die ihr Fahrrad mit acht prallen Aldi-Tüten ans Schaufenster eines Pelzgeschäftes gelehnt hatte. Der Breitschwanz kostete hier nur hundertzwanzig Mille, das Foto des niedriggestirnten Firmeninhabers gab's gratis in der Pflegeanleitung. Maria betrachtete den

Mantel und dachte nach. Breitschwanz. Wenn der Schwanz dann auch noch lang und hart war, dann war das Geld ja gut investiert, aber die Stadtstreicherin vermochte zu dieser Frage wenig zu sagen, weil sie gerade über den Zustand ihrer Leber und über den Abschiedsbrief ihres Sohnes nachdachte, der 1949 an der Eismeerküste der großen und friedliebenden Sowjetunion aufgegeben worden war.

Sie waren vor der gelb-blauen Tür – dies waren die Lieblingsfarben des Architekten in der Amalienpassage – angekommen. Hans stieß den Schlüssel in die Öffnung, dachte kurz über das Haarkleid des weiblichen Primaten, über die Bandbreite von Stammtischwitzen und Peter Alexander nach, und dann standen sie in der Quietschkommode, die in der Amalienstraße 87 als Aufzug fungierte. Zwanzig Sekunden später überquerten sie die Schwelle zu der kleinen Wohnung, die Visselle senior für seinen Sohn gemietet hatte. Sie schritten über den Kokosteppich, in dessen Waben der Gips des Umzugs vor sich hinoxydierte. Es waren dreißig Quadratmeter, wenn man die Terrasse mit fünfzig Prozent miteinrechnete, und es war der Landshuter Facharzt für Hals-Nasen-Ohren, Dr. Peter Visselle, Liebhaber von Skalaren, dänischen Tabakpfeifen und slawischstämmigen Praxishilfen, in dieser Reihenfolge, der die lockere Quadratmetermiete von 24,50 DM für seinen Sohn finanzierte. Maria trat ans Vorderfenster. Der Blick aus dem fünften Stock ging auf den Vorhof der Universität und von dort auf die Nonnenbrüste der Frauenkirche. Wenn man sich an das rückwärtige Fenster stellte und das Kinn ein wenig auf die Brust drückte, konnte man einen Innenhof sehen und das Schild ›Alternative Fahrradwerkstatt, montags 17–17.30 h‹. Maria schob die Nase an der Scheibe entlang, bis ihr Kopf den Rahmen berührte. In einer Erkerwohnung, ein Stockwerk tiefer, war das zerwühlte Bett einer Frau zu erkennen, das geblümte Nachthemd und die sanft wippenden, nach oben weisenden Zehen, und wenn der Kühlschrank ausschaltete, war auch das rhythmische Stöhnen der Frau zu hören.

Maria hatte keinen Ehrgeiz, bei der Annäherung an Hans auf das schnelle Tempo der deutschen Frauen einzuschwenken. Liebe mußte reifen wie griechischer Wein, wobei immer die Gefahr bestand, daß der gärende Most zu Essig umkippte. Aber dieses Risiko mußte sie eingehen, und so hatte sie schon zum dritten Mal seine Einladung abgelehnt, ihn zu einem Besuch der Eltern nach Landshut zu begleiten. Gleich am ersten Abend hatte er sie in seine Wohnung in der Amalienstraße bringen wollen, aber Maria hatte auch dieser Versuchung widerstanden. Sie fragte sich, was er überhaupt an ihr fand. Der Mann ist voller Rätsel, pflegte ihre Mutter zu sagen, und die Lösung aller Rätsel heißt Bett. Sie, Maria, würde sich nicht in die Schublade der Bettbekanntschaften schieben lassen. Zur Liebe gehörten Herz und Pflaume. Herz war nicht alles, aber ohne Herz war alles nichts. Gradmesser für die Liebe nach dem griechischen Modell war die Ausdauer des Begehrens, das der Mann für die Frau empfand. Bumsen lassen durfte sich ein Mädchen erst, wenn der Junge so scharf auf sie war, daß er bei der bloßen Erwähnung ihres Namens eine Erektion bekam.

Sie sah ihm zu, wie er sich in der Kochnische am Herd zu schaffen machte. Er war schlank, das Gesicht wirkte fast hager, aber Maria wußte, das sah nur so aus, weil sie ihn insgeheim mit den jungen Griechen verglich, die Vater ihr vorgestellt hatte, mit der Münchner Kolonie. Seine Augen waren lebhaft, von blauer Farbe, mit dichtgewachsenen Brauen besetzt. Es lag etwas Verträumtes in der Art, wie Hans die schmalen Hände bewegte, etwas Kindhaftes, und im Widerspruch dazu war sein Ausdruck zwischendurch so finster, daß es Maria an ihr meistgehaßtes Bild erinnerte, an Böcklins Toteninsel. So ähnlich sah es um die griechischen Inseln aus, wenn die Männer das Meer mit Dynamit leergesprengt hatten. Die Fischer waren immer sehr erstaunt, wenn die Brut im Ölfilm der Küste trieb. Sie wunderten sich, daß die Netze nach den Sprengaktionen drei oder vier Jahrzehnte leer blieben. Wenn der Fisch verkauft war, und das dauerte nur ein halbes Wochenende, begann das Hungern. Den stolzen Sprengmeistern blieben die klassischen Auswege Athen und Amerika. Meist war es Athen, wo sich die Entwurzelten, fest entschlossen, die nächsten tausend Jahre keinen Finger krumm zu machen, Schwielen in den Arsch saßen. Von besonderer Art waren die Kinder, die von den Inseln kamen. Die Söhne, mit Augen wie erloschene Kohlen, verschönten unter amtlicher Anleitung den sozialistischen Lesezirkel in Panepistimiou 44, während die Töchter, bleich, aufgedunsen und mit neugierigem Zeigefinger zum Herpes-Festival ins Y.W.C.A. auf der Amerikis II eincheckten.

Hans hatte ein Kännchen Tee gebraut und kam zu ihr. Maria hatte sich aufs Sofa gestreckt. Sie stemmte die Absätze ins Kissen. Es waren die Schuhe gewesen, die Hans beim Kennenlernen im McDonald's so gefallen hatten, daran erinnerte sie sich genau, und der Mann mußte bekommen, wonach ihn gelüstete, das war sehr wichtig im Leben, die Frau ließ sich nehmen und segnete das Brot, und ob vor oder nach dem Beischlaf getafelt wurde, der Mann bekam das größte Stück Fleisch und das beste, und die Familie, wie gebildet und vornehm auch immer, hatte zu warten, bis ›er‹ den ersten Bissen runter hatte. So jedenfalls ging es in den griechischen Familien in München zu, in den Häusern, wo die Kissenbezüge noch von der ältesten Tochter gehäkelt wurden, und natürlich auch in Kos, das Maria von zwei Besuchen, jeweils acht Wochen, kannte. Beim ersten Wiedersehen mit der Heimat hatte Stavros Marianopolos seine Tochter durch eine Flußniederung mit Eukalyptusbäumen geführt, Maria hatte den Duft nie vergessen und das Schwirren der silbrigen Blätter im Abendwind auch nicht. Schade, daß Hans so ganz anders aussah als ihr Vater. Die Hände waren merkwürdig klein, und die Stimme war ein paar Jahre jünger als er selbst. Maria war verunsichert. Ob sie nicht überhaupt mit einem Mann um vierzig besser bedient war? Bestand Liebe nicht vor allem aus Erfahrung?

Wie Hans wohl im Bett war? Ob er ahnte, daß es für sie das erste Mal sein würde? Er hatte mit ihr zu schlafen versucht, als sie aus Bad Tölz heimkehrten. Sie hatte sich ihm entzogen. Wenn das Feuer die Nacht durchbrennen sollte, mußte man wenig Luft dranlassen.

Sie spürte, wie er sich zu ihr setzte, und öffnete die Augen. Er hielt zwei Teegläser in der Hand und reichte ihr eines. Sie trank. »Ich mag, wie du Auto fährst«, sagte sie in die Stille hinein. »So bedächtig. Gefällt mir. Und die Idee mit dem Ausflug nach Bad Tölz, das war genau das Richtige.« Sie schürzte die Lippen und bot ihm den Mund. Sie drängte sich an ihn und berührte ihn mit ihren Brüsten. »Und überhaupt.«

Und überhaupt hatte sie von Lilibeth. Das sagte man, um den Mann etwas nachdenklich zu machen. Man spannte eine Leinwand auf, so daß der Mann seine Träume draufprojizieren konnte.

Er küßte sie. Bevor sie ihre Lippen öffnen konnte, glitt sein Mund an ihrem Kinn entlang. Er streifte den Hals und hielt inne, um ihre Schultern zu liebkosen. Maria lag auf der Seite und hielt seinen Kopf an sich gepreßt. Die Brüste waren zwei saftige kleine Melonen, bereit dazu, umfaßt und gedrückt zu werden. Die erste Frau, die ein Mann liebt, ist seine Mutter, sagte Damaia Marianopolos. Wenn er Glück hat, schafft er es, die Mutter zu vergessen. Ob Hans zu den Glücklichen gehörte?

»Hans?«

»Hm?«

»Was du heute vom Gefängnis gesagt hast... ich denke drüber nach.«

»Was stört dich daran?«

Sie tastete nach seiner Männlichkeit. Sie liebkoste den Schaft, der sich in der Hose abzeichnete, mit den Fingerkuppen. *Darf ihn nicht so runtermachen, sonst steht er ihm nicht, wenn's drauf ankommt.* »Tut mir leid, daß ich wieder vom Gefängnis anfange. Dumm von mir. Vergiß es.«

»Schon vergessen.«

Sie wollte sich aufrichten, aber er hinderte sie daran. »Bleib bitte ganz still liegen, wenn wir...«

»Ich kann nicht lange bleiben heute abend«, sagte sie. »Wenn ich wieder so spät heimkomme wie beim letztenmal, schlägt mich mein Vater grün und blau.«

Er gab sich erstaunt. »Dein Vater schlägt seine achtzehnjährige Tochter?«

»Wenn's sein muß, ja.«

»Und wer bestimmt, ob's sein muß?«

»Mein Vater.«

»Findest du das richtig?«

»Ich finde alles richtig, was mein Vater macht«, sagte sie trotzig. Sein Mund hatte sich zu ihren Brüsten vorgearbeitet. Sie wollte den Reißverschluß ihres Kleides lösen, als er von ihrem Busen abließ. Seine Lippen streiften den Bauch und die Hüften. Sie spürte seine Hände in den Kniekehlen. Er schob ihr den Rock hoch.

Sie hatte sich aufgestützt. »Hans?«

Alles schien anders als sonst. Er antwortete ihr nicht. Sein Blick war auf den weißen Streifen Haut an ihren Schenkeln gerichtet, auf den Saum der havannafarbenen Strümpfe. Maria spürte die feuchte Wärme aus ihrem Schoß aufsteigen. Sie schämte sich. Etwas wie Angst überkam sie. Angst und das Vorgefühl einer sich anbahnenden Enttäuschung. Sie kam sich verschmäht vor. Wie war es zu erklären, daß er sich scheute, die verführerische Nacktheit ihres Leibes zu berühren? Gab es etwas Aufregenderes, als einem hübschen jungen Mädchen beim Ausziehen zuzusehen? Wer war Hans Visselle? Warum umarmte er sie nicht? Warum benahm er sich nicht wie ein Junge, der sein Mädchen lieb hatte?

»Küß mich«, flüsterte sie.

Aber sein Gesicht blieb abgewandt. Nur sein Atem war zu hören.

»Was ist, Hans?«

Er schwieg. Sie ließ ihre Hand zu seiner Hose wandern. Sie fuhr auf der Ausbuchtung entlang. Hart wie ein Kanonenrohr. Die Funktion war ja auch ganz ähnlich. Hübsch, dachte sie. Und so griffig. Das Format einer Rohrposthülse. Mit Kopf zum Abschrauben. Sie lächelte und stellte sich vor, wie er die schraubende Bewegung genießen würde. Männer hatten ein Problem. Sie brauchten Sex, sie brauchten eine Frau, die stillhielt. Aber andererseits hatten es Männer auch einfach. Wenn's bei ihnen mit dem Sex stimmte, dann stimmte auch der ganze Rest.

Sein Geschlecht wuchs in ihrer Hand, und sie spürte, wie ihr Herz zu klopfen begann. Es war gut, einen Mann glücklich zu machen. Körperlich glücklich. Und doch gab es

Frauen, die das für eine Todsünde hielten. Maria verstand das nicht.

Sie ließ ihre Finger am Schaft entlang wandern, begann unten zu spielen. Mirabellen. Damit müßte ich ja wohl auf meine Kosten kommen. Darf nicht so was denken. Wenn mit Hans im Bett nicht alles so läuft, wie ich's mir vorstelle, stecke ich in der Sackgasse. Pallas Athene, zurückgeworfen auf schamhafte Fingerspiele. Ist nicht gut für den Teint. Sie warf einen Blick auf ihre Uhr. Für richtige Liebe blieb keine Zeit. Rein, raus und unter die Dusche, das bringt's wohl nicht. Nicht beim ersten Mal. Sie hatte ihren Eltern versprochen, daß sie diesmal um zehn zu Hause sein würde. Es war elf.

Immerhin, sie würde ihn auf das entscheidende Treffen vorbereiten. Was Lust angeht, gab es einen Speichermechanismus bei den Männern. Sagte Lilibeth, die es wissen mußte. Und wenn man den Mann nach drei oder sieben oder elf Tagen wiedersah, war das Faß am Überlaufen, man brauchte sich nur noch drüberzustellen und zu schöpfen.

Mit einer schlangengleichen Bewegung zog sie die Beine an. Erst jetzt sah sie, daß er sich vor das Sofa gekniet hatte. Nicht schlimm, und doch störte es sie, wie er da kniete. Seine Hand hatte sich in den Ausschnitt ihres Kleides geschoben. Sie spürte, wie er ihre Brüste zu liebkosen begann, und mit einemmal war das Rascheln der Pinienzweige um sie, das Zirpen der Zikaden, Griechenland und Kos. Bin ich Deutsche? Bin ich Griechin? Vielleicht bin ich beides, und vielleicht ist das der Grund, warum die Männer Angst vor mir haben. Warum gibt er mir nicht, was ich brauche? Der Mann, der vor mir kniet, betet mich an wie ein Götzenbild, statt den Honig meiner Lippen zu trinken, statt mir die Liebe seiner Gedanken zu schenken, statt mich zu pfählen mit der Leidenschaft seines Herzens. Was mache ich falsch? Liegt's an meinem Make-up? An meiner Manie, mich bei jeder Gelegenheit zu entblößen? Was ist so schlimm daran, wenn ein Mädchen fließend Deutsch spricht und aussieht wie eine babylonische Tempeltänzerin?

Aber ich bin ja auch selbst schuld. Ich hab' den Jungen auf hundertachtzig gebracht, wo ich doch wußte, daß ihm dann keine Zeit mehr bleibt, mir den Ofen einzuheizen, und jetzt hab' ich die scharfe Granate in der Hand, und es gibt keinen Graben, wo ich sie reinstecken könnte, weil das einzig verfügbare Mädchen so ein Wahnsinns-As im Timing ist.

Sie schloß ihr Kleid und tastete nach ihrem Slip, der in die Ritze des Sofas geglitten war. »Ich muß jetzt wirklich gehen, Hans.« Sie zog sich die Riemchen der Schuhe fester und stand auf. »Ich hab' morgen Frühschicht. Holst du mich nachher ab?«

Er nickte.

»Bist du mir böse?«

»Nein. Es ist nur...«

»Sprich doch.«

»Ich fürchte, du wirst mich nicht verstehen, Maria.«

Sie war schon an der Tür. Starker Abgang ist wichtig. sie zwang sich zu einem Lachen. »Du klingst so traurig. Warum hast du kein Vertrauen zu mir? Mami versteht alles.«

Sein Ernst schwand wie eine Form, die mit einem kräftigen Hieb zerschlagen worden war. »Ich werd's dir ein andermal sagen.« Er kniff die Augen zusammen, sah auf seine Uhr. »Wie willst du um diese Zeit eigentlich nach Hause kommen?«

»Mit der S-Bahn.«

Er sprang auf. »Ich fahr' dich heim.« Er kam zu ihr, den Autoschlüssel in der Hand.

Sie barg ihren Kopf an seiner Brust. »Du bist wirklich nicht sauer, daß ich Knall auf Fall gehe?«

Er antwortete ihr nicht. Er war nachdenklich geworden.

»Morgen habe ich mehr Zeit für dich«, versprach sie.

»Bestimmt?«

»Fest versprochen.«

Es gab ein paar Fragen, die nicht ausgesprochen worden waren, aber es war wohl besser, wenn sie jetzt nicht tiefer bohrte. Von Lilibeth wußte sie, daß deutsche Paare solche Fragen ausdiskutierten bis zum bitteren Ende. *Ein Problem aufarbeiten*, hatte das die Leiterin der Freizeitgruppe in der Volkshochschule genannt, eine Enddreißigerin mit graphitfarbenen Krähenfüßen und postmenstruativ auftretender

Migräne, Delegierte einer Lehrergewerkschaft, die ihre Mitglieder einmal jährlich in den Ostblock kinderlandverschickte.

Maria stand auf dem Bürgersteig und sah Hans nach, wie er den Kreisel umrundete und in die Pippinger Straße einbog. Eine Sekunde lang erfaßte das Licht der Scheinwerfer die Autonutte in Hot pants, dann waren nur noch die Rücklichter zu sehen und das Leuchten der Bremse, als der Wagen in der Höhe des Weigandhofs einem Lastwagen ausweichen mußte.

Sie hörte das Schloß der Haustür einrasten. Sie erkannte die Gestalt ihres Vaters. Sie sah, wie das Licht im Flur erlosch. In wenigen Sprüngen war sie am Haus und schloß auf.

Die Eltern saßen auf der Eckbank der Wohnküche. Damaia Marianopolos weinte. Ihr Mann hatte die Ellenbogen auf die Platte des Tisches gestützt. Als Maria eintrat, stand er auf. Er sah sie nicht an. Er schob die Mutter, die ihn wegdrängen wollte, zur Seite.

»*Kalispera, Papa.*«

Er ließ den Gruß seiner Tochter unerwidert. Er zog das Brotmesser aus der Schublade und setzte ihr die Klinge an die Kehle. »Ich dulde keine Hure in meinem Haus.«

»Ich bin keine Hure.«

»Ich will keine Tochter, die mitten in der Nacht heimkommt.«

»Es ist erst halb zwölf.«

»Es ist Mitternacht. Meine Kinder sind um zehn zu Hause, solange sie unter meinem Dach wohnen, tot oder lebendig.« Er verstärkte den Druck der Klinge auf ihre Gurgel. »Wer ist der Mann, der dich heimgebracht hat?«

»Ein Freund.«

»Die Freunde meiner Tochter kommen erst in mein Haus, dann werden sie ihre Freunde.«

Sie schob das Messer zur Seite und ordnete ihr Haar. »Warum regst du dich so auf, Papa? Wir haben nur bei einer Tasse Tee zusammengesessen.«

»Du bist in seiner Wohnung gewesen?«

Sie nickte.

»Wer ist der Mann?«

»Ein Deutscher.«

»Hat er zufällig auch einen Beruf?«

»Hans ist Student.«

»Klugscheißer und Kommunist. Was sind die Eltern?«

»Der Vater ist Arzt, Hals-Nasen-Ohren-Arzt.«

»Hals, was?«

»*Otorinolaringologhoß.*«

»Mir würde ein Arbeitersohn als Schwiegersohn genügen, wenn er sich nicht wie ein Dieb vor mir versteckt.«

»Wir wollen ja nicht gleich heiraten, Vater. Darüber haben wir noch gar nicht nachgedacht. Ich kenne Hans ja kaum.«

»Immerhin kennst du ihn gut genug, um dir mit ihm die Nächte um die Ohren zu schlagen.«

»Es ist nichts passiert, wenn du das meinst.«

»Ich will keine Tochter, die mit dem dicken Bauch ankommt. Ich will eine Tochter, die als Jungfrau in die Ehe geht. Du sollst sein wie deine Mutter.«

Sie trat neben ihn. »Soll ich so sein wie Mutter?«

»Ja.«

»Wie lange wart ihr verheiratet, als ich zur Welt kam, Vater? Wieviel Monate?«

Er schwieg. Maria trocknete ihrer Mutter die Tränen.

»Es ist nicht gut, wenn du mit dem Sohn eines Reichen gehst«, sagte Stavros Marianopolos.

»Warum nicht?«

»Weil's nicht zusammenpaßt.«

»Ich habe diese Regeln nicht gemacht«, sagte Maria. »Und ich akzeptiere sie nicht.«

Er ließ das Messer sinken. Seine Wut war verflogen. Er war nur noch traurig. »Wie, stellst du dir vor, wird der Sohn eines deutschen Arztes mit einer Griechin umspringen, die im McDonald's an der Kasse steht?«

»Ich werd's herausfinden«, sagte Maria.

»Und wenn's schiefgeht?«

»Ich habe keine Angst. Für Angst kriegst du nichts, Vater. Besonders in Deutschland nicht. Hast du das noch nicht gemerkt?«

5

Angst. Stavros Marianopolos, 48, dachte über seine Zeit in Deutschland nach. Begonnen hatte alles mit Angst, und immer noch bestimmte Angst sein Leben und das seiner Landsleute, die als Gastarbeiter in die Bundesrepublik gekommen waren. Angst. Achtzehn Jahre war er schon in München, immer noch bei der gleichen Firma, wo er damals angefangen hatte. Nein, es gab keine Probleme bei der Arbeit, wohl aber mit den Behörden. Angst. Achtzehnmal hatte er dem Ausländeramt in der Ettstraße nachweisen müssen, daß er über den notwendigen Wohnraum für die Familie verfügte. Angst. Den jeweiligen Aufforderungen der Behörde – *binnen, sonst* – war der Vordruck zur Ausweisungsverfügung immer gleich beigelegt, und jeder Brief war auf dem Umschlag mit dem dicken Aufdruck ›Vollzug des Ausländergesetzes‹ versehen. Angst. Das Gesetz wurde nicht *angewendet* wie bei Deutschen, es wurde *vollzogen*, wie man eine Freiheitsstrafe oder die Aberkennung der bürgerlichen Ehrenrechte vollzog, jener Rechte, die man ausländischen Arbeitnehmern gar nicht erst abzuerkennen brauchte, weil man sie ihnen nie zuerkannt hatte. Angst. Deutschland lebte in Angst. Die Kinder hatten Angst vor der Zukunft, die Eltern hatten Angst vor den Kindern, der Staat hatte Angst vor den Bürgern, und die Bürger hatten Angst vor den Ausländern. Die Ausländer wiederum hatten Angst vor dem Mann auf dem Amt, der, je nachdem, ob er am Morgen schon Verdauung gehabt hatte oder nicht, über den Verbleib einer Familie entscheiden konnte. Genehmigungen für Gastarbeiter, den Aufenthalt von Frauen und Kindern, all das war Ermessenssache des Beamten, und der Maßstab, mit dem gemessen wurde, war die Schuhspitze. Je tiefer der Schuh steckenblieb, um so besser.

Damaia, die Mutter, war eine kleine, schlanke Frau mit

olivfarbenem Teint, dunkler als Maria, mit einem Gesicht, das die Spuren der Arbeit zeigte. Sie hatte in die Auseinandersetzung zwischen ihrem Mann und Maria nicht eingegriffen. Erst als Maria den Raum verlassen hatte, um schlafen zu gehen, wagte es die Mutter, ihre Tochter in Schutz zu nehmen. »Wir sind hier in Deutschland, Stavros. Du kannst nicht erwarten, daß Maria wie daheim auf Kos aufwächst.«

»Sie soll so aufwachsen, daß ich mich ihrer nicht schämen muß«, sagte Stavros.

Damaia sah ihren Mann an und schüttelte den Kopf. »Du hast dich sehr verändert, seit wir in Deutschland sind. Du hast dich in die Idee verbissen, daß wir die Verhältnisse von Kos nach München verpflanzen können. Aber das geht nicht.«

»Was ich sagte, gilt für München und Kos, es gilt für die ganze Welt. Das Mädchen soll wie eine Griechin aufwachsen. Sie soll dir und mir gegenüber den Respekt wahren, den wir als Eltern verdienen. Ich will keine Tochter, die mich mit dem Vornamen anredet, wie's die deutschen Kinder mit ihren Eltern tun. Und ich dulde keine Bettgeschichten vor der Heirat.«

»Du hast auch was dagegen, daß sie überhaupt mit einem Deutschen verkehrt, stimmt's?«

»Wenn's der Richtige ist, keineswegs.«

»Und wer ist der Richtige?«

»Das ist keine Frage der Nationalität. Marias Mann muß aus einer Familie kommen, wo Moral kein Fremdwort ist.«

»Also doch ein Grieche.«

»Nein. Die Deutschen und die Griechen, wir sind in vielen Dingen gar nicht so weit auseinander.«

»Das sagst du, weil du dich in den achtzehn Jahren hier sehr angepaßt hast. Manchmal kommt's mir vor, als wolltest du die Deutschen in ihrer eigenen Disziplin übertreffen.«

»Und was wäre das für eine Disziplin?«

»Zucht und Ordnung.«

Maria, die draußen an der Tür lehnte, gab ihren Lauschposten auf und tapste zu ihrem Zimmer. Sie öffnete die Eisentür. Sie zog sich im Dunkeln aus, legte die Kleider über den einzigen Stuhl, tastete sich zu ihrem Bett.

Daß ihr Vater zum Messer griff, hatte sie erschreckt. Ein paar hinter die Ohren, das hätte genügt. Daß er sie ausgeschimpft hatte, nahm sie ihm nicht übel, sie hatte es ja verdient. Allerdings – war es eigentlich noch die griechische Idee von Moral und Anstand, was er da so hochhielt? War er nicht selbst längst auf die Philosophie der Deutschen eingeschwenkt, die sich über die lange Leine mokierten, die man in Gastarbeiterfamilien den Kindern ließ? In der deutschen Kindererziehung galt noch oft genug Unbeugsamkeit und Prinzipientreue als Stein der Weisen.

Sie mußte lächeln, als ihr Vaters Worte auf der Geburtstagsfeier einfielen. *Früher, da herrschte noch Zucht und Ordnung.* »Und heute, da herrscht die Vernunft«, hatte sie ihm geantwortet. Das war jetzt ein Jahr her, und obwohl damals Tante Larissa aus Köln und Onkel Nikos aus Salzburg mit am Tisch saßen, hatte sich Maria für die Entgegnung eine Ohrfeige eingefangen. Ganz abgesehen davon, daß sie inzwischen die größten Zweifel an ihrer frechen These hatte. Was heute in Deutschland und in Griechenland herrschte, war schwer zu sagen. Die Vernunft jedenfalls nicht.

Vater hatte es noch gar nicht gemerkt, aber er, der eingewanderte Grieche, war in Wirklichkeit der Deutsche in einem Land, dessen Bürger sich bis zur Selbstaufgabe den Nachbarländern und Amerika anpaßten. Die alten deutschen Tugenden – Fleiß, Sauberkeit, Ordnungsliebe, Traditionsbewußtsein, Bescheidenheit, Sparsamkeit –, es waren mehr und mehr die Gastarbeiter, in deren Familien solche Werte gepflegt wurden. Die Deutschen beteten inzwischen ganz andere Götter an. Geld, Auto, Freizeit, Sex, Technologie, Drogen. Vor allem Freiheit. Nur keine Bindungen, nur keine Familie, die einem dreinredete. Das gemeinsame Mahl: die Brüder Grimm. Tun und lassen können, was einem gerade einfiel. Reisen, Status. Jene Mischung aus Skrupellosigkeit und Geschäftssinn, die man früher den Levantinern nachgesagt hatte, den Mittelmeervölkern östlich von Italien, sie war neuerdings kennzeichnend für viele Deutsche. Um so erstaunlicher, daß die wenigen Erfolgreichen unter den Einheimischen an ihren Vorurteilen gegen die Fremden festhielten. Erstaunlich und logisch zugleich. Welcher Deutsche bekam schon gerne vorgeführt, daß er nicht mehr der Fleißigste, der Pünktlichste, der Sparsamste war? Wer wollte schon wahrhaben, daß es kleingewachsene, krausköpfige Südeuropäer gab, die sich einen festen Platz in den traditionellen deutschen Disziplinen erkämpft hatten?

Die Ausländerfresser. Wenn man von Angesicht zu Angesicht mit ihnen sprach, waren es ganz nette Menschen, die da auf den Gastarbeitern rumhackten. Meist Leute, die noch nie ein Wort mit einem Gastarbeiter gewechselt, noch nie das Haus eines Griechen oder eines Türken betreten hatten. Die Abneigung wurde an Äußerlichkeiten festgemacht, am bunten Kopftuch der Türkinnen, am Schnurrbart der Männer, an der Griechennase, an den orientalischen Düften, die von den Wohnbaracken der jugoslawischen Baufirma zu den deutschen Nachbarn herüberwehten. Und immer handelte es sich um Vorurteile, um Urteile, die vor der Erfahrung geprägt wurden und durch Informationen gleich welchen Inhalts nicht zu erschüttern waren.

Da gab es den jungen Rechtsanwalt, der Bedürftige ohne viel Aufhebens gratis verteidigte und sie im eigenen Wagen nach Hause brachte, denn das gehört sich doch. Der gleiche junge Mann fand es ganz in Ordnung, daß man die Asylanten aus Afghanistan und die Bahai, die im Iran aufs Rad geflochten wurden, im freien Westen in Lager einpferchte, denen zum KZ nur noch der Schienenstrang zur Chlorkalkgrube und Dr. Mengele zum Abspritzen der Kranken fehlte.

»Asylanten sind Wirtschaftsasylanten«, sagte der junge Rechtsanwalt, im Chor mit dem Stammtisch, der Brand in Berlin war Feuerzangenbowle, und wenn das Fernsehen die Singhalesen zeigte, die von den Indern bei lebendigem Leib in ihren Hütten geröstet wurden, dann schaltete der gebildete junge Mann sein Videogerät mit ›Odyssee 2001‹ oder Thomas Manns ›Zauberberg‹ ein. Das gesunde Volksempfinden war auf dem Vormarsch, wenn der selbsternannte Blockwart erst vor einer Generation aus der Walachei eingewandert und seit jenem Anfall 1952 in ständiger nervenärztlicher Behandlung war.

Da gab es den Arbeitslosen, der wie ein Rohrspatz auf die Türken schimpfte, aber seit seiner Entlassung vor sieben Jahren jede Arbeit ablehnte, die weiter als zehn Autominuten von seinem Bausparkassenhäuschen entfernt lag. Da gab es die Bayerin, die vormittags ihre Rosen häufelte, mittags das Paket mit Kleidern für die armen Leute im philippinischen Tonto packte und nachmittags Pamphlete verteilte, wo zur ›organisierten Rücksiedelung artfremder Ausländer‹ aufgerufen wurde. Artfremd war, wer anders aussah, und falls es dann noch Unklarheiten gab, konnte man die Kopfform, lebenswert, nicht lebenswert, mit dem Zirkel nachmessen. Wozu schließlich gab es die Polizei?

Deutschland, so sah es Maria, war ein wunderschönes Land voller Widersprüche, eine Gesellschaft, wo sich die Menschen voneinander abkapselten, dann aber wegen innerlicher Vereinsamung zu einem Psychiater gingen, der ihnen 150 Mark für 45 Minuten Zuhören abknöpfte. Nicht nur von Menschen, die ›anders‹ waren, hielten sich die Deutschen der achtziger Jahre fern, sie mieden sich auch gegenseitig. Maria konnte sich gut an den Sonntagvormittag in der Verdistraße 704 erinnern, wo sie eine Etage höher geschellt hatte. Der Mieter war vor einer Woche eingezogen, ein junger Lehrer aus Regensburg, der durch eine Fehlschaltung des Computers in München Arbeit bekommen hatte. Ob sie eine Tasse Zucker haben könnte, hatte Maria in fließendem Deutsch gefragt. Weil nämlich mitten am Sonntagvormittag der Zucker zu Ende gegangen sei. Beim Frühstück. Wäre das möglich?

Der Mann hatte drinnen hinter dem Türspalt gestanden, eine Hand um die Sicherheitskette gekrallt, die andere auf dem Telefon. Rufe ich die Polizei wegen Überfall oder den Hauswirt wegen Ruhestörung? Natürlich hatte es keinen Zucker gegeben, die Tür war Maria vor der Nase zugeknallt worden, und die Griechin war sich ein bißchen wie im amerikanischen Horrorfilm vorgekommen, wo die junge Frau, wenn man sie nach der Uhrzeit fragt, einen Tobsuchtsanfall bekommt. In den Jahren danach hatte sich der Herr Lehrer, wenn er Maria im Flur begegnete, auf ein verkniffenes ›Tag‹ beschränkt.

Daß es im Süden Europas, in Griechenland, etwas anders zuging, wußte Maria von ihrer Mutter. Sie hatten oft darüber gesprochen, wenn sie nach dem Abendessen beieinandersaßen. Eines der Kriterien, wie man Deutsche und Griechen auseinanderhalten konnte, hieß Kind. Die Deutschen liebten ein Kind, *wenn*. Es mußte das eigene sein. Es mußte seine Schularbeiten gemacht haben. Es mußte sich still verhalten, wenn Erwachsene sprachen. Es mußte essen, was auf den Tisch kam. Es durfte keine Freunde nach Hause holen. Es durfte auf keinen Fall in einer anderen Familie ein Stück Brot, ein Bonbon oder gar eine Mahlzeit zu sich nehmen, denn das Essen in anderen Familien war vergiftet. Auch die Luft in anderen Häusern war vergiftet, und deshalb ging ein deutsches Kind nicht in das Haus eines anderen deutschen Kindes. Wichtig war weiter, daß sich das Kind keine Geschwister wünschte, es hatte als unerträgliches Einzelkind dahinzukränkeln. Katzelmacher sagten die Süddeutschen, wenn eine Ausländerin mit zwei Kindern daherkam. Wenn es drei Kinder waren, vertraten sie der Frau den Weg und schüttelten den Kopf. Du vögelst zuviel. War die Ausländerin mit dem Kind an der Hand auch noch schwanger, dann äugte der deutsche Mensch nach der nächsten Notrufsäule der Polizei. Es konnte sich nur um eine Geistesgestörte handeln.

Daß Kinder in Deutschland in der Tat ein Ärgernis bedeuteten, war Maria so recht bei einem Werbespot im Fernsehen klargeworden. Ein Schwangerschaftstest war angeboten worden: eine Frau. Blick auf den Kalender. Ein rotes Kreuzlein auf dem Kalenderblatt. Stirn der Frau in Großaufnahme. Runzeln. Dann der lächelnde Apotheker, weißhaarig, Goldbrille, mit dem Produkt in der Hand. Schnitt. Die Frau daheim. Der Test war negativ verlaufen. Große Erleichterung. Frau strahlt. Sprecher: »Test XYZ, damit Sie sich nie wieder Sorgen machen müssen.« *Kind gleich Sorgen*. Ein Kind zu bekommen war also ein Unglück. Etwas, das einem zustieß, wenn man bei einer Party zuviel trank oder bei der Verhütung das falsche Produkt anwendete. Meistens allerdings sorgte sich die Frau umsonst. Die Blutung kam einfach ein paar Tage später. Der Schwangerschaftstest reduzierte diese Sorge auf ein Minimum, auf die ein oder zwei Stunden zwischen dem chaotisch verlaufenen Beischlaf und dem Test. Kein Kind. Wie schön.

Die Griechin fröstelte. Sie zog sich die Bettdecke über die Brüste. Meine heiße Muschi, der Englische Garten, der Mann, der mich in paradiesischer Nacktheit überrascht, München, Deutschland, die Welt – Maria mußte lächeln, als sie sich die Erdkugel so vorstellte, wie man sie vom Raumschiff aus sah. War es so wichtig, wo man auf die Welt kam? War jemand gut, weil er drei Kilometer weiter links wohnte? War er böse, weil er braun, weiß oder gelb war? Es waren die Menschen, die sich solche Wertabstufungen ausdachten. Die Tatsache, daß jemand bestimmte Speisen aß oder nicht aß, genügte schon, um ihn zu einem Teufel in Menschengestalt abzustempeln.

Gott sei Dank gab es Inseln, die von der Menschenverachtung, die sich hinter solchen Einschätzungen verbarg, ausgespart blieben, ganz einfach weil die Zeit dort langsamer verstrich. Jeder Mensch empfand den Ort als Mittelpunkt, wo er seine Arbeit, seine Familie hatte, und dieses Umfeld wurde zum Maßstab, mit dem er den Rest der Welt bewertete. Daß es nur drei Flugstunden von München entfernt eine Insel wie Kos gab, ein meerumspültes Paradies, wo deutsches Ungemach nur noch den Stellenwert eines Wetterberichts hatte, an den man glauben konnte oder nicht – Maria konnte sich das nur schwer vorstellen. Was sie als Zehn- oder später als Zwölfjährige erlebte, hatte sich in der Erinnerung mit den Erzählungen der Mutter vermischt, und während sie, die Rüge des Vaters im Ohr, in den Schlaf hinüberglitt, kamen die Gestalten zum Leben, die auf dem Foto über dem Bett der Eltern abgebildet waren. Es war ein querformatiges Bild im ovalen Rahmen, und deshalb war der Kopf eines Vetters halb abgeschnitten, aber das machte nichts, es gab ja noch sechs weitere Cousins. Das Bild war im Hof, vor Tante Vitinas Küche, aufgenommen worden, der Fotograf war dabei sehr in die Knie gegangen, so daß die Basilikumstaude zwischen den Brüsten Damaias emporwuchs und das Gesicht verdeckte. Immerhin, man erkannte noch, daß sie lachte. Mutter saß gebeugt, der Vater stand hinter ihr, und dem vorsichtigen Abstand zwischen den beiden war zu entnehmen, daß sie noch nicht verheiratet waren.

Das schönste Wesen auf dem ganzen Bild war erst fünf Jahre alt. Psara, die Nachbarstochter, war so überirdisch hübsch, daß sie jeden in Kefalos um den Finger wickeln konnte, und das tat sie auch. Niemand ahnte, daß Psara eine Woche vor dem Fototermin in Tante Vitinas Küchengarten ein ganz privates Giftattentat auf die jüngeren Abkömmlinge der Familie Marianopolos verübt hatte. Zumindest hatte sie die Substanz, die bei dem Anschlag Verwendung fand, für Gift gehalten. Psara hatte die Lakritzstangen der Spielgefährten in einem unbewachten Augenblick mit Sand eingepudert und bespuckt, aber der Anschlag hatte dann irgendwie nicht zum Tode der Opfer geführt, so daß die Kleine mit den Überlebenden Freundschaft schloß.

Tante Elena, die links neben Psara kauerte, war ein besonderer Fall. Sie trug Organzablusen ohne BH, ließ sich im schützenden Dunkel des Hafenschuppens von den Matrosen der Fähre ficken, von vorn, von hinten und ins Knie, aber immer nur von einem auf einmal, und wenn sie vom Hafen heimkehrte, umgarnte sie Stavros Marianopolos, den Leitbullen des Clans.

Zu Damaias Erleichterung – sie liebte Stavros seit der Kommunionsfeier vor sieben Jahren – war der Umworbene nie so recht auf Elenas Bemühungen eingegangen. Es gab in Kefalos einfach keine Gelegenheit, mit einer Frau ins Bett zu gehen, ohne daß es der ganze Ort und am nächsten Markttag der Rest der Insel erfuhr. Genuß ohne Reue war weder bei Elena möglich, die ein gemietetes Zimmerchen bei Andreas Mantamados, dem Eisdielenbesitzer, bewohnte, noch bei der eigenen Frau, dazu waren die Wände zu dünn. Und so hatte sich Stavros' Kontakt zu dem schwarzen Schaf des Clans auf Berührungen zwischen Tür und Angel beschränkt, auf einen

Kuß oder auf das Streicheln der Brust, die Elenas ganzer Stolz war. Wie zwei gesunde Granatäpfel fühlten sich die Kugeln an, die Stavros während der Messe am Ostersonntag, das Kreuz ans Fliegengitter der Speisekammer gedrückt, liebkost hatte. Wie berauscht hatte er den Geruch nach Zwiebeln und Hanf, nach Artischocken und Oliven eingesogen und das Aroma des Mandelöls, mit dem Elena ihre Nacktheit einzureiben pflegte.

Kusina. Die Küche. Das war auf Kos eine durchaus sinnliche Angelegenheit, schon weil die Küche in den Garten führte. *Der Garten.* Damaia hatte ihrer Tochter von dem Erlebnis mit Tsirkas erzählt. Mutter war fünfzehn gewesen und Tsirkas, ein Cousin zweiten Grades, drei Jahre älter. Sie war nach dem Mittagsmahl unter den Akazien entlanggeschlendert, an der verfallenen Moschee vorbei, und war unversehens auf das Grundstück der Verwandten geraten. Die Tür des weiß gekalkten Hauses stand offen, das Haus schien leer. Damaia hatte eine Guave gepflückt und wollte die Frucht verzehren, als sich ein brauner Jungenarm um sie legte. Tsirkas. Sie hatte zu schreien versucht, aber er hatte ihr den Mund zugehalten. Dann hatte er sie geküßt, hatte ihre Lippen auseinandergezwungen und ihre Schenkel betastet. Sie war sich entwürdigt vorgekommen, aber es war auch ein süßes, erregendes Gefühl gewesen, und so hatte sie es dem Onkel, der wenig später vom Hafen heimkehrte, nie vergeben, daß er Tsirkas an der Fortsetzung der erzwungenen Zärtlichkeiten hinderte.

Die Älteste auf dem Foto war Jaja Monitsa, die dreiundsiebzigjährige Großmutter. Monitsa hatte, damals in Ismir, zwei Vergewaltigungen überlebt, später dann, nach der Heirat mit Alexander Marianopolos, zwei Geliebte, zwei Abtreibungen mit dem Küchenmesser und einen 20 Jahre umfassenden Abstecher des Gemahls nach Nordamerika. Alexanders Abschied war kurz und formlos geraten: »Ich geh' mal eben Zigaretten holen.« Er war ohne Zigaretten heimgekehrt und ebenso arm, wie er gegangen war. Monitsa hatte keine Fragen gestellt, als er wiederkam. Es war nicht so wichtig, was Männer trieben. Es gab zwei oder drei Dinge, wo man Männer brauchen konnte. Das meiste ging besser, wenn kein Mann die Finger dazwischen hatte.

In der untersten Reihe des Fotos kauerten Amalia, Kalvos, Sinas und Viktoria, die Kinder von Onkel Antoniou, schweigsame, meist übelgelaunte Geschöpfe. Damaia hatte sich vorgenommen, die vier bei passender Gelegenheit zu ertränken, aber als sich die Gelegenheit ergab, war sie schon zu vernünftig, um den Vorsatz auszuführen. Inzwischen hatte sie verstanden, warum die vier so einsilbig und unfreundlich waren. Die hatten nichts zu lachen daheim. Antoniou Spiros, Apotheker und der beste Schachspieler auf Kos, war schwermütig, ein Mann, der mit niemandem über die Untreue seiner Frau sprach. Damaia schien es, als wäre er stolz auf die Dornenkrone, die er sich da aufgesetzt hatte. Hörner trug auch Georg Iktinos, der Halbbruder von Stavros, freilich nur für das Foto. Rebekka, die zehnjährige Tochter des Schuldieners Konstantin, hatte sich hinter ihn gestellt und die Zeigefinger gespreizt. Georg war geschockt gewesen, als er den Abzug sah, aber dann hatten ihm die festgeflochtenen Zöpfe der frechen Kleinen und die hellblauen Schleifen so gut gefallen, daß er sie zu heiraten beschloß. Er wartete acht Jahre, bis sein Antrag schicklich war, und dann führte er Rebekka, die inzwischen einen Busen und einen Hauch von Oberlippenbart bekommen hatte, in der Kapelle von Phokis zum Traualtar. Es wurde eine glückliche Ehe mit zwei Söhnen, die ein Kafeneion, ein Kaffeehaus, in Chora, im Hauptort der Insel, aufmachten.

Kaymos, Traum. Die geheime Fluchtburg der schönen Griechin. Die Geräusche der Verdistraße waren abgeebbt, während Maria über ihre Anverwandten in Griechenland und über ihre Eltern nachdachte, und inzwischen war das Bild so weit entfernt, daß sie nur noch den schwarzen Rahmen erkennen konnte, es schien zu schweben, und plötzlich sah Maria in den Spiegel ihrer Jugend, in einen Zauberspiegel, aus dem ihr zwei Mädchen entgegenblickten, ein schwarzes und ein blondes. Beide hießen Maria, und beide trugen die Züge Damaias. Es waren Zwillingsschwestern, gleich schön und gleich rätselhaft.

Sie sah den beiden nach, wie sie die Treppe hinabgingen und die neonbestrahlte Verdistraße überquerten. Der Strom der Lastwagen schien ihnen nichts auszumachen. Sie folgte den beiden in die Lichtwolke auf der anderen Seite. Drüben lag Griechenland. *Kipoß*. Der Garten. Es roch nach Rosmarin, Lorbeer und Zedernholz. Eine dunkelgekleidete Frau stand am Eingang des Gartens. Maria hob die rechte Hand und zeigte der Frau das Innere der Hand. Eine schlimme Beleidigung, aber danach konnte ihr der *kako mati*, der böse Blick der Alten, nichts mehr anhaben.

Der Weg der drei Frauen führte quer durch Italien und durch das ausgetrocknete Becken des Mittelmeers, an Oleanderbüschen und Boungainvilleabäumen entlang. Meer war nicht wichtig, das hatte Moses beim Auszug aus Ägypten bewiesen. Grenzen waren nicht wichtig, als sie Erbfeindschaft begruben, die man ihnen ein paar Generationen zuvor eingeredet hatte. Immerhin, hundert Jahre lang hatten beide Seiten ganz fest daran geglaubt, daß die Welt jenseits einer gedachten Linie voll von Teufeln lebte wie im eigenen Land, die gleichen Engel, die gleichen Menschen.

Es waren dann nur noch zwei Mädchen, die auf Kos ankamen, die Schwarze und die Blonde. Der Duft von Zitronenbäumen und Weintrauben umfing sie wie ein Regen, der ihre Seelen netzte, während Schultern und Brüste trocken blieben.

Es war nicht schwer, auf Kos ein koisches Gewand zu bekommen, die Kleider aus golddurchwirktem Leinen wurden in der Nähe des Hafens verkauft, und jede Griechin, die so etwas trug, war in guter Gesellschaft, bevorzugte doch auch die kuhäugige Hera, Gemahlin und Schwester des Zeus, die fließenden Stoffe von der Sporadeninsel.

Der Schatten der Johanniterburg und der Geruch nach Salz und Teer hüllte die Maria-Mädchen ein, und wenig später der Duft von Mandeln. Die Mandelbäume am Kai standen in Blüte, und die Knospen waren wie rosa Zuckerwatte, die ein Kind mit leichter Hand auf den Zweigen verteilt hatte. Um zur Oberstadt zu gelangen, mußten die Mädchen das Flußtal durchqueren, einen schattigen Paradiesgarten. Das Rauschen einer Quelle war zu hören, das Lispeln der Oleanderblätter und das Flattern der Schmetterlingsflügel. Es gab keine gewachsten Äpfel mehr, keinen Münchner Bahnhof und keine Gewerbepolizei, die das Betasten der Früchte mit dem Zunähen der Vagina ahndete, und ein Pfund Äpfel kostete auch keinen McDonald's-Stundenlohn mehr, wie ihn Maria auf der Leopoldstraße verdiente, sondern nur ein Lächeln aus dunklen Augen.

Die *Halbe Orange* kam in Sicht. Maria mochte Moscheen, und sie hatte ein bißchen im Koran herumgelesen. Eine Religion, die vom Menschen nichts Unmögliches verlangte. Eine barmherzige Religion. Was die verschiedenen Strömungen des Islams daraus gemacht hatten, stand auf einem anderen Blatt.

Schon lange gab es auf Kos keine Mohammedaner mehr. Die Türken waren aufs asiatische Festland zurückgejagt worden, das so viel näher lag als Athen. Aber sie hatten ihre Spuren auf der Insel zurückgelassen, ihre heiligen Stätten, etwa den viereckigen Bau mit der blaugekachelten Kuppel, die Stavros aus dem Fenster der elterlichen Wohnung sehen konnte. *Halbe Orange* nannten die Leute auf Kos die Kuppel, aber jeder wußte, das Dach war der Eichel des Mannes nachgebildet. Es war in den meisten Fällen keine halbe Orange, was die Frauen auf Kos nachts zwischen die Beine gesteckt bekamen.

Die Maria-Zwillinge trugen goldene Stirnreifen, die sie bei Elias Korher, dem Juwelier am Hafen, erstanden hatten. Wie immer beim Besuch auf Kos, war die Eisdiele auf dem Patroklou Boulevard der erste Anlaufpunkt der Mädchen. Der Besitzer der Eisdiele, Andreas Mantamados, Sohn eines Libanesen und einer Kreterin, galt als geizig, weil er achtzig Drachmen für zwei Kugeln Wassereis nahm und fünfzig Drachmen für eine Kugel Milcheis mit Nuß. Die schwer überschaubare Mischkalkulation hatte den Vorteil, daß er Kunden, die er gern mochte, gratis bedienen konnte, und so bekamen die hübschen Maria-Zwillinge aus dem fernen Deutschland ihr Eis auch diesmal wieder umsonst. Sie saßen draußen, im Schatten der Burg, an einem der drei runden Marmortische, die Mantamados aus Athen bezogen hatte. Er hatte den Einkauf der Tische mit einem Besuch bei Tetsina im Bordell am Kolonaki-Platz verbunden, eine Begegnung, die immer mit dem Kitzel von Gefahr behaftet war, denn Tetsina, knackige Neunzehn und ein rechtes Erdbeben im Bett, war sehr ausgebucht und meistens infiziert, aber sie war schön wie das Morgenrot auf Kalymnos, und so war Mantamados am Morgen nach der Liebesnacht tief befriedigt und mit sechs Millionen internationalen Einheiten Penicillin im Blut zur Fähre gegangen, die ihn mitsamt den drei Marmortischchen in dreizehnstündiger Fahrt nach Kos zurückbringen würde.

»Noch zwei Kugeln?«

Die Mädchen dankten. Sie deuteten einen Knicks an. Mantamados gefiel das. Mädchen, die sich zu benehmen wußten. Die beiden blieben zu seiner Freude noch eine Weile sitzen, baumelten unschuldig mit den wohlgeformten Beinen und überhörten, so gut es ging, die Bemerkungen der Männer, die sich auf die unterschiedliche Haarfarbe von Maria I und Maria II bezogen und auf die Form ihrer Brüste, Äpfel aus Neuseeland bei der Blonden und Birnen aus Frankreich bei der Schwarzen. Wie gesagt, die Mädchen überhörten das gnädig, sie sahen die ganze Zeit schon den Rußflocken zu, die vom Schornstein der Bäckerei herabschwebten, und träumten von dem Land im Norden, wo es Roggenbrot gab und Männer, deren Interesse über die Gürtellinie einer Frau hinaufreichte. Maria, die Schwarze, ließ den Blick zum Eingang des Postgebäudes wandern. Zweifellos war es eine deutsche Poststelle auf Kos, mit einem teuren deutschen Emailleschild für die Öffnungszeiten. Franziska Kaiser, 28, die für die Spätschicht dieser Zweigstelle eingeteilt war, hatte den Dienstraum eine Sekunde nach Schalterschluß verlassen, um ihre Lieblingssendung im Fernsehen nicht zu verpassen. Sie rannte an Hochwürden Raffinger vorbei, der zum abendlichen Ave Maria unterwegs war. Raffinger hatte es mit dem Magen. Er war von seinem Jesuitengeneral, was wirklich kein Fingerspitzengefühl verriet, von Bayern nach Kos, ans Ende der Welt, versetzt worden. Er lächelte, als er Maria, die Blonde, erkannte. Engel waren blond. Ob der Umkehrschluß zulässig war, das war eine Frage, die sich Hochwürden gar nicht erst zu stellen wagte.

Der Tempel, das eigentliche Ziel der Schwestern, lag im Schatten von Platanen, die zu Lebzeiten von Hippokrates, dem Vater der Medizin, gepflanzt worden waren. Das Gebäude war fünfzig Schritte breit und so hoch wie acht Männer. Es gab eine Vorhalle mit acht Säulen und einem reichverzierten Fries. Als die Maria-Zwillinge näherkamen, erkannten sie, daß die Säulen eigentlich Karyatiden waren, überlebensgroße Göttinnen in Gewändern, die alles Überflüssige bedeckten und alles Wichtige freigaben, all jene Bereiche, auf die es Männern bei einer Frau ankommt. Wie meistens, wenn man ein geweihtes Gebäude betritt, hatte Moira, die Schicksalsgöttin, am Eingang zum Allerheiligsten Aufstellung genommen. Maria, die Schwarze, zögerte, aber die Blonde zog sie weiter. Moira wunderte sich nicht, als die Mädchen ihr die Spindel aus der Hand schlugen. Die Jugend war nun mal so, besonders wenn sie die Luft der Fremde geschnuppert hatte. Moira wehrte sich auch nicht, als die Blonde ein Messer zog und ihr die Klinge bis zum Heft ins Herz stieß. Sie verstand Maria nur zu gut. Wer ließ sich schon gern sein Schicksal, sein Leben und die Zahl der Orgasmen von einer alten Dame über den Wolken vorschreiben. Ohnehin – fand Moira – waren die Grenzen zwischen Göttern und Menschen fließend. Menschen waren sterbliche Götter, Ebenbild des Schöpfers. Götter waren unsterbliche Menschen, Ebenbild von Mann und Frau, die sich umarmten und Kinder zeugten. Wenn nun eine Göttin unsterblich war, dann war es auch weiter nicht schlimm, wenn sie ermordet wurde. Bei dieser Schlußfolgerung angekommen, trat Moira zur Seite und gab den beiden Mädchen das bluttriefende Messer zurück.

Die Schwestern betraten die Zella. Nach der Abiturprüfung in München hatten die beiden üppige Brüste bekommen, runde Waden und weiche Hüften, die das Herz jeden Südländers höherschlagen ließen, aber der Mann, der an jenem Abend den Tempel in Kos betrat, war kein Südländer, das sah Maria am Blau seiner Augen und am Ebenmaß seiner Oberschenkel. Es war so, daß den Griechen, wie wohlgestaltet und zungenfertig auch immer, ein Stück im Oberschenkel fehlte, eine Handbreit Männlichkeit.

Die Schwestern hatten sich nebeneinander auf den Opferstein gelegt. Es war so dunkel in der Zella, daß nur noch die Goldfäden in den Gewändern zu erkennen waren. Als der rote Pferdewagen des Sonnengottes ins Meer tauchte, hatte der Wind aufgefrischt. Bei den Fellini-Filmen war es eine mit Seide bespannte Trommel, mit der das Windgeräusch verursacht wurde, in Kos waren es die Eukalyptusbäume, die Korkeichen, die Akazien und die Platanen, deren Blätter das Geräusch besorgten. Maria gefiel der Ton. Ihr gefiel auch der Mann, der an den Opferstein getreten war.

»Wie heißt du?« fragte er. Seine Hände umschlossen die Hüften der Mädchen.

Die Antwort kam zweimal. »Maria.«

»Was willst du?«

»Dich.«

Maria war nicht sicher, ob es das Rauschen der koischen Winde war oder das Dröhnen der Lastzüge auf der Verdistraße, was ihre Antwort übertönte. Aber sie war sicher, daß es ein zur Liebe entschlossener Mann war, der sie gepackt hielt, ein Deutscher aus Fleisch und Blut. Sie öffnete sich, wie sich die Blütenblätter eines Veilchens im Morgentau öffnen, und sein Glied war wie ein Balken, der die Pferde ihrer Begierde voneinander trennte und ins Geschirr seiner Wünsche spannte. Sie leistete Widerstand mit den Schenkeln und spürte beglückt, wie sich seine Stöße verstärkten. Der Opferstein kühlte ihre Lenden, und dann waren es die Küsse des Deutschen, die sie nach München zurückholten, in die Welt der Empfängnisverhütung und der jährlich zu erneuernden Aufenthaltserlaubnisse. Aber inzwischen hatte Maria keine Angst mehr vor dem Mann auf dem Amt, nur noch Mitleid, weil solche Männer durch die Fügung Gottes mit Ehefrauen bestraft wurden, die im Bett nichts hergaben außer ›Sieh zu, daß du bald fertig wirst‹ und ›Ich brauche nächsten Monat mehr Haushaltsgeld‹.

Er hielt ihre Brüste umfaßt, und sie spürte, wie sich seine Zähne in ihren Hals gruben. Ihre Hand krallte sich fest in den

Haaren seiner Brust, sie wimmerte, flehte ihn an, ihr seine ganze Liebe zu geben, und dann war es wie ein Donner, der über die Gestade der Insel rollte, wie ein Seebeben, das die Fluten ihrer Leidenschaft steigen ließ. Sie hielt seine Hüften mit den Beinen umklammert und beantwortete jeden Stoß mit einem glückstrunkenen ›Ja‹. Sie spürte, wie sich ihr Innerstes weitete, um seine Begierde anzufachen. Seine Bewegungen waren schneller geworden, und plötzlich waren es nicht mehr zwei Schwestern, die sich in der Zella des Tempels unter den Liebkosungen des Gottes wanden, sondern die voll erblühte Maria Marianopolos von Kasse 3 des McDonald's-Restaurants an der Leopoldstraße 17, und der Gott war blond mit grauen Strähnen, hatte Augen, in denen sich das Blau des koischen Himmels brach, und Lippen, die Maria die Tränen fortküßten, als sein Schaft ihr Hymen durchstieß. Marias Brustspitzen waren groß geworden, groß und hart wie reife Paprikaschoten, und die Stöße des Mannes kamen hoch wie die Schaufeln eines Raddampfers, rasch, regelmäßig, voll und schwer, der Rhythmus war wie die Dünung der Ägäis, wenn die Winterstürme wehen, und ins Klatschen der Leiber mischte sich das brünstige Flüstern der Griechin, ihr Gebet und ihre fleischgewordene Innigkeit. Sie genoß die Synkopen der Lust, wenn sie den Atem anhielt, und ihr Schoß nahm das Echo der hinausgeschobenen Erfüllung auf, jedesmal, wenn sie ihre Lungen befreite. Mit jedem Atemzug nahmen ihre Brüste die Last seines Körpers auf, schwer und leicht zugleich, gaben die Stöße weiter an die Schultern, die vom Schweiß des Gottes getränkt wurden, und auf einmal wußte Maria in aller Unschuld, wie sie die Schenkel zu öffnen und zu schließen hatte, damit die Flut der Wonne bei jeder Woge höherstieg, sie wußte, was sie mit den Muskeln ihres Schoßes tun mußte, um das Empfinden des Gottes zu steigern, und sie wußte, daß er sie liebte, nicht nur mit seinem Glied, das in ihr zuckte, sondern auch mit seinem Herzen, das sie an ihren Brüsten pochen spürte. »Ich bin Maria«, schrie sie, »und ich arbeite Frühschicht, vergiß das nicht, wenn du nach München kommst!«

Der Fremde antwortete mit einer Folge von Stößen, die ihr

durch Mark und Bein gingen, und Sekunden später spürte sie, wie ihre Scham von einer weichen Woge überflutet wurde, das Gefühl kam in Wellen, die so kurz aufeinander folgten, daß die Gischtkronen zu einer Kette der Erfüllung verschmolzen.

»Ich bin dein«, weinte Maria, »ich gehöre dir und nur dir und immer nur dir.« Der warme Regen, der sie einhüllte, war zu einem Gewitter der Lust geworden, und die Blitze, die der Gott schleuderte, versengten den Vorhof ihres Tempels, und dann war ihr, als würde ihr Allerheiligstes mit einer mächtigen Fackel in Brand gesetzt, das Pech ihres Schoßes begann zu sieden, durchströmte sie wie ein Sturzbach der Fruchtbarkeit, vermischte sich mit dem Kindspech ihrer Brüste. Noch nie, seit Menschen miteinander schliefen, hatte sich eine Frau so rückhaltlos, so weit, so weich und so süß geöffnet wie sie für ihn, und seine Liebe war wie griechisches Feuer, das auf dem Meer schwamm.

An diese Dinge mußte die Griechin denken, als sie in ihrem Bett lag, und anders als die meisten Menschen, wenn sie nachdenken, war Maria glücklich, sie liebkoste ihre Muschi mit dem Mittelfinger, schrie ihre Erfüllung hinaus, daß es den Mieter im nächsten Stock aus seiner Matratze hob, sie lag da, hörte sich den Namen ihres Geliebten flüstern, und dann spürte sie, wie ihre Begierde alle Deiche sprengte, sie verströmte sich und wachte erst auf, als das Laken unter ihrem Schoß wieder trocken war.

6

»Sorgen?«

Dr. Dr. Christian Moewe, 48, Strafrechtsprofessor an der Maximilian-Universität in München, zögerte eine Sekunde, bevor er die Frage seines Freundes beantwortete. »Das übliche. Du schreibst einen Beitrag für eine Fachzeitschrift, der nicht ins Konzept der extremen Linken paßt, und schon heult die Studentenschaft auf, von Garmisch bis Flensburg, und probt den Zwergerlaufstand.« Er reichte Eugen Brendle die *Neue Juristenzeitung*, wo sein Artikel abgedruckt war.

Dr. Brendle ließ ihn am Kamin Platz nehmen, setzte sich in den Sessel gegenüber und begann zu lesen. Er war etwas früher als gewöhnlich von der Arbeit heimgekehrt, nachdem Moewe ihn mit dem Wagen, silbermetallic, Alufelgen, im Sauerbruch-Institut abgeholt hatte.

Während er im Vorraum auf den Freund wartete, hatte der Strafrechtler der Reinemachefrau beim Aufwischen zugesehen. Kurz vor sechs waren zwei Mädchen, Lilibeth und Maria, ins Labor gekommen, Maria hatte ihre Mutter abgeholt. Die junge Griechin, so Moewes Urteil, war eine Augenweide, wenn man von dem unästhetisch langen Haar des Mädchens absah. Langes Haar erinnerte ihn immer an die Fachliteratur, wo es um Eisdielenbesitzer ging und ihre Haftungsprobleme in jenen Fällen, wo die Haare der Jugoslawinnen – meist waren es Jugoslawinnen – in die Eismaschinen gezogen wurden, so daß es, und eben darum wurden solche Prozesse so erbittert geführt, zum Verlust der Kopfhaut und des Haars kam. Obwohl, eine Frau ohne Haare hatte auch ihre Reize. Sie war, nachdem das Optische wegfiel, auf ihre ureigenste Funktion, auf das Geben, reduziert.

Lilibeth, die Freundin der schönen Griechin, hatte der Professor nicht recht einzuordnen vermocht. Ein geheimnisvolles Geschöpf mit fragendem Blick, wallendem Blondhaar und herausforderndem Gang. Aus der Hüfte heraus, wie die Afrikanerinnen. Was für Moewe das Problem der Hautfarbe und der getrennten Toiletten aufwarf. Ein problematisches Mädchen. Nicht die Art von Frau, die sich bei der Erörterung der Todesstrafe für Verfassungsaushöhler mit Hinweis auf das ethische Vermächtnis des Abendlandes beeindrucken lassen würde. Aber über dieses Thema brauchte er ja mit ihr auch nicht unbedingt zu sprechen. Ihm genügte, daß sie da war und sich ansehen ließ. Die Nase war gerade, die Brauen zwei breite, sanft behaarte Bögen über braunen Augen. Sie hatte ein Schnürleibchen getragen, als sie das Institut betrat, und unter dem Leibchen gar nichts, und die Sache hatte Moewe minutenlang von dem Gedanken an seine Mutter abgelenkt, die er heute noch anrufen mußte. Sie, die violettgefärbte Herrin auf Charlottenruh, drüben in Tirol, war die Mentorin, mit der Moewe alle Klausurthemen für seine Studenten am Telefon durchsprach.

Er hatte den Anruf durchgeführt, und dann war er zu dem blonden Mädchen zurückgekehrt. Als er vor ihr stand, hatte er festgestellt, daß ihr das Haar bis auf die Ansätze der Brüste reichte. Der Ansatz der Brust freilich war – und die deutsche Rechtsmedizin trug schwer an diesem Alp – eine schwammige Angelegenheit. Hatte der Täter in den Hals gestochen, um zu töten? Hatte er in die Brust gestochen, um zu verletzen? Vorsatz? Affekt? Moewe war froh, als Lilibeth, nachdem sie seinen Blick auf sich ruhen spürte, ihre Brüste mit den Händen abdeckte. Die Geste gab ihm die Möglichkeit, den Rest des Körpers in Augenschein zu nehmen. Von Lilibeths Oberlippe zur Nase zog sich eine leichtgeschwungene Bahn wissender Bitternis, und die Haltung des Kopfes war so, daß Moewe nicht recht wußte, ob er die Fragen dieses Mädchens, wenn sie ihm denn welche stellte, beantworten konnte. Besser, wenn er das Gespräch mit ihr ganz mied. Gutaussehende Mädchen hatten – dies war eine Beobachtung, die ihm von einem Freund beim Sittendezernat bestätigt wurde – etwas Aufmüpfiges an sich. Sie pflegten, wenn der Wissenschaftler ihnen erst einmal den kleinen Finger reichte, nicht nur gesicherte Sachverhalte anzuzweifeln, sondern den Gesprächspartner selbst in Frage zu stellen.

Lilibeth hatte das Labor durchquert und stand unter dem Oberlicht. Moewe betrachtete ihren Scheitel. Sie hatte einen hübschen, besonders glatten Scheitel, der in eine anmutige, hohe Stirn einmündete. Es gab da noch andere Lebewesen, die eine ähnlich anmutige Stirn hatten. Welche Lebewesen? Spitzenklöpplerinnen in Studentenkinos? Bitte nicht. Nach einem Gang durchs Labor fiel es Moewe wieder ein – Katzen.

Er hatte beschlossen, seine ersten oberflächlichen Eindrücke von Lilibeth durch eine zweite Besichtigung zu vervollständigen. Man war Forscher, oder man war es nicht. Zum dritten Mal innerhalb einer Minute wanderte sein Blick an den glattgewienerten Ösen ihres Leibchens hoch, tauchte in die lockende Nacktheit ihrer Busenfalte hinab, umrundete die weißen Kugeln, die von grünem Samt umhüllt wurden, erklomm die sorgsam gestützten Haarspitzen, glitt über die wohlgeformten Ohrmuscheln des Mädchens, über ihre braunen Schultern, über die mattschimmernden Schlüsselbeine und bog schließlich in die Augenwinkel ein, hinter denen sich die mandelförmigen Höfe der Augäpfel öffneten, weißschimmernde Felsgebirge mit winzigen Einsprengseln aus Bernstein, blieb haften auf den rehbraunen Pupillen, die ihn furchtlos ansahen. Vielleicht war es die Furchtlosigkeit in diesen Augen, die Moewe beunruhigte. Während er noch darüber nachdachte, machten seine Gedanken einen Sprung zur Uni. Die Studentinnen in den hinteren Reihen des Hörsaals fielen ihm ein. Jura wurde im Audimax gelehrt, jedenfalls wenn Moewe las, und es gab Mädchen in den oberen, den weiter entfernten Reihen des Hörsaals, die den kultischen Fluß der Moewe-Vorlesungen mit dem Skandieren staatszersetzender Abzählreime (›Unter den Talaren der Muff von tausend Jahren‹ und noch schlimmeren Texten) zu stören pflegten. Moewe hatte beim Requiem für seinen Jugendfreund Pfiffler mit Kultusminister Bick über die Sache gesprochen, aber der hatte ihn mit wohlgesetzten Worten auf die Freiheit der Lehre, des Wortes, des Ausdrucks und der Schrift und dann, in einem genialen Schlenker, auf die Freiheit überhaupt verwiesen, auf so viel Freiheiten, daß Moewe ganz schwindlig geworden war, und als der Strafrechtsprofessor beim Mokka in der Bickschen Doppelhaushälfte in Germering das Thema unter der Hand nachtarocken wollte, hatte Bick nur auf einen Stuhl gedeutet und ihm auf der Yamaha-Orgel das Präludium Es-Moll Knöchelverzeichnis 4711 von John Bastard dem Jüngeren vorgespielt.

Seit Maria sich das prickelnde Mineraljod der Tölzschen Badeanstalten ins Höschen sprühen ließ, war eine Woche vergangen, und Hans war bei der Erforschung der griechischen Physis bis zur Innenseite von Marias Slip vorgedrungen. Sie hatte sich vorgenommen, ihn recht behutsam an den Brunnen heranzuführen, aus dem alles Leben kam und wo alles Männliche seine Bestimmung fand. Es war wichtig, daß die Seele des Mannes mit dem zur Erfüllung strebenden Körper Schritt hielt. Sex ohne Liebe war Sünde, da war Maria mit Hochwürden Stefanopolos ausnahmsweise mal einig. Meinungsunterschiede gab es immer wieder, was die Zahl der Bußgebete anging. Maria hielt für eine läßliche Sünde (Tätigkeitsbeispiel: Selbstbefriedigung mit Höschen an) ein Ave Maria für angemessen, während der erfahrene Theologe in diesem Fall für zwei Ave Marias, eines im Knien, plädierte. Er begründete die schärfere Strafzumessung mit der Tatsache, daß es bei Maria *Ansätze zur Einsicht* gab. Einsicht war strafverschärfend, nachdem die Sünden, je nach dem intellektuellen Durchblick des Handelnden, in vier Klassen unterteilt wurden. Es gab Todsünden, läßliche Sünden, die sieben Hauptsünden und die Sünden wider den Heiligen Geist. Eine Todsünde war, wenn man einen Menschen umbrachte. Das tat Maria schon mal in Gedanken, aber wohl jeder Mensch hatte schon mal einen anderen in Gedanken umgebracht. Das – so fand Maria – zählte nicht. Wichtig war nicht, was man dachte, wichtig war, was man tat.

Läßliche Sünden waren Missetaten, die der Gläubige oder die Frau *mangels klarer Einsicht* beging. Solche Sünden führten nicht zum Verlust der Gnade, weil der Sünder, wenn er erst einmal bis zu den Ohrwascheln in den Karamelpudding der bösen Tat eingetaucht war, keinen Durchblick mehr hatte.

Das Schlimmste war die Sünde wider den Heiligen Geist, worunter Hochwürden Stefanopolos nicht das Vergiften weißer Tauben verstand, sondern die wiederholte, logisch durchdachte und gottesleugnerische Zurückweisung der kirchlichen Wahrheit.

Blieben die sieben Hauptsünden, der einzige Bereich, wo Maria Erfahrungen hatte. Stolz, Geiz, Neid, Trägheit, Unmäßigkeit, Zorn und Unkeuschheit. Hochwürden Stefanopolos hatte es als Fügung des Himmels hinzunehmen gelernt, daß Maria Marianopolos auf Nr. 7 abonniert war, sie beging *eine Unkeuschheit nach der anderen*, und sie hätte die Missetaten in dieser Sparte auch *gleichzeitig* begangen, wenn dies möglich gewesen wäre, sie sündigte, aber sie bereute auf den Knien, auf sehr hübschen Knien sogar, und so war die Gnade der Kirche mit ihr, der Friede des Glaubens und das Wohlwollen des Beichtvaters, immer wenn sie, die Füße leicht einwärts gekehrt, den Beichtstuhl in der Theatinerkirche verließ.

Maria dachte gerade über eine neue Variante von Nr. 7 nach, als Brendle von seiner Lektüre aufsah. Er gab seinem Freund die Zeitschrift zurück. »Und wieso macht dir die Sache Schwierigkeiten?«

»Weil es wegen dieses Artikels eine parlamentarische Anfrage im Landtag gegeben hat. Eine meiner Studentinnen hat beim Kultusministerium den Antrag gestellt, mir wegen des Artikels eine Rüge zu erteilen. Ich habe natürlich sofort Strafantrag gegen das Mädchen gestellt.«

»Wegen uneidlicher Falschaussage?«

»So tief wollte ich das Mädchen nicht reinreiten. Ich habe es bei Beleidigung bewenden lassen.«

»Und?«

»Ich bin mit meinem Antrag nicht durchgekommen.«

»Warum hat die sich denn überhaupt so aufgeregt?«

»Ihr haben die erfundenen Namen in meinem Artikel nicht gefallen.«

»Erfundene Namen?«

»Ich habe, um die Rechtsproblematik einer Mischehe herauszuarbeiten, für die deutsche Partnerin den Namen Emma Arschbacke und für den Mann Fuckerino Greco eingesetzt.

Daraufhin hat mich das Mädchen wegen Volksverhetzung angezeigt. Das muß man sich mal vorstellen. Ein Mädchen, das in meinem Hörsaal sitzt, zeigt mich an.«

»Was ist denn so problematisch an einer Verbindung zwischen einem Griechen und einer Deutschen?«

»Das Gefälle im Unrechtsbewußtsein.«

»Was verstehst du darunter?«

»Wir finden bei den südlichen Völkern eine geringere Strafempfindlichkeit, und deshalb plädiere ich in meinem Artikel für eine härtere Bestrafung der Ausländer, die deutsches Recht brechen. Sie müssen für das gleiche Delikt härter bestraft werden als ein Deutscher.«

»Weil sie ein dickeres Fell haben?«

»Genau. Überhaupt ist das Rechtsempfinden beim Menschen südlich des Limes gestört.«

»Südlich des Limes?«

»Du weißt schon, die Grenze, bis zu der die Römer vordrangen. Nördlich des Limes galt weiterhin das germanische Stammesrecht, also die von Gott empfangenen Gesetze, südlich des Limes galten die zersetzenden Vorschriften Roms.«

»Warum wirkten sich die römischen Gesetze denn so zersetzend aus?«

»Zum Beispiel erlaubte der römische Senat den Frauen, das Haar lang zu tragen.«

»Na und?«

»Langes Haar ist ein Rechtssymbol. Wenn die Frau langes Haar trägt, so stellt sie damit die Behauptung auf, daß von ihr Recht ausgeht.«

»Und von wem geht wirklich Recht aus?«

»Recht erwächst nicht aus dem Menschen, es wird dem Untertanen vom Staat gewährt.«

»Nicht vom Volk?«

»Nein. Natürlich würde das Volk gern Gesetze machen, wer würde das nicht. Es entstünde in einem solchen Falle das Paradoxon, daß die gleiche Instanz, die das Gesetz beschließt, es auch befolgen muß.«

»Aber die meisten Menschen haben doch gewisse Vorstellungen, was Recht ist und was Unrecht ist.«

»Darauf kommt es nicht an. Wir betrachten als Recht nicht, was von den zum Gehorsam verpflichteten Bürgern als gerecht empfunden wird, sondern was von der Obrigkeit gegen den Willen des Volkes erzwungen werden kann. Hegel und Aubeck plädierten bekanntlich für das Gegenteil. Sie meinten, daß ein Richter kein Urteil aussprechen sollte, wenn er das Gesetz als ungerecht empfindet. Das sind im Prinzip bereits die Ideen von Marx.«

»Man wird dem Mädchen seine Jugend zugute halten müssen. Wie sieht sie eigentlich aus?«

»Bügelbrett.«

»Auch das noch. Ist sie die einzige, die an deinem Artikel Anstoß genommen hat?«

»Eben nicht. Es gibt eine regelrechte Verschwörung. Einen harten Kern, verstehst du?«

»Und was wirst du tun, um den Kern zu knacken?«

»Es wird zunächst darauf ankommen, das Mädchen von seinen Freunden zu trennen. Am besten durch eine unterschiedliche Benotung der Scheine. Ich werde mit meinen Assistenten sprechen.«

Brendle nickte. »Teile und herrsche.«

»Wenn du so willst, ja. Aber ich mache bei dieser Taktik im Grunde nichts anderes als du bei deinen Tierversuchen. Um gute Versuchsbedingungen zu schaffen, mußt du das Opfer isolieren, es aus seiner gewohnten Umgebung herauslösen.«

Während Dr. Brendle und Dr. Dr. Moewe sich in Brendles Kaminzimmer im humanistischen Schulterschluß über die Strafempfindlichkeit von Südeuropäern und anderen Mammalia verständigten, waren Lilibeth und Maria in aller Heimlichkeit in das Versuchslabor zurückgekehrt. Maria hatte den Nachschlüssel mitgebracht, den ihre Mutter nach der Heimkehr vom Putzen an den Nagel zu hängen pflegte, an jenen Nagel, der fünf Jahre lang nur das verglaste Abendmahl von Leonardo da Vinci, eine Doppelseite aus der Osterausgabe des ›Münchner Merkur‹, zu tragen hatte.

Maria schloß auf und knipste das Licht im Vorraum an. Sie ließ Lilibeth eintreten. Sie drückte die Tür wieder ins Schloß.

Die beiden Mädchen standen da und lauschten. Das Rascheln der Versuchstiere in den Käfigen war zu hören. Das Labor schien menschenleer.

»Ich habe Angst«, flüsterte Maria.

»Willst du denn, daß die armen Tiere zu Tode gequält werden?«

»Nein.«

»Dann komm.« Lilibeth ging voran. Jedes der beiden Mädchen trug einen großen Korb mit verschließbarem Dekkel. Es war die Blonde, die den Schalter betätigte. Die Lichtleiste an der Decke flammte auf. Es gab 20 vergitterte Käfige, die in zwei Reihen aufgestellt waren. Auf Zehenspitzen durchquerten die Mädchen den Mittelgang. Die Augen der eingesperrten Katzen schimmerten wie winzige Phosphorscheiben. Durch das Fenster zum Nebenraum waren die Versuchsapparaturen zu erkennen, Gestelle aus Stahl und Holz, in denen die armen Geschöpfe für die Versuche festgebunden oder festgeschraubt wurden. Für Hals und Unterleib der Tiere gab es gelochte Holzblöcke. Das Loch im Block konnte mit Hilfe von Riemen auf den gewünschten Durchmesser eingestellt werden. Verendete Tiere kamen in eine Tiefkühltruhe und von dort zu einem pathologischen Institut, wo hochbezahlte Weißkittel im Interesse der reinen Lehre noch ein paar Wochen an den Knochen und Sehnen, an den inneren Organen und den Gedärmen herumschnippelten. Ein Tier war ›verbraucht‹, wenn es durch Zerkleinerung des Körpers in möglichst viele Teile zerlegt war, und wirklich bewältigt war die große wissenschaftliche Aufgabe erst, wenn auch die letzte Zelle nachweislich tot war. Für Dr. Brendle, den Leiter des Labors, war es immer sehr befriedigend gewesen, unter dem Elektronenmikroskop das allmähliche Erlöschen der Lebensfunktionen auf den Petrischeiben zu beobachten.

Vergleichsweise unangenehm, aber für den Fortschritt der Forschung unverzichtbar, war die Arbeit am Säugetier, wenn das Versuchsgut bei vollem Bewußtsein war. Wie oft hatte Dr. Brendle seine Arbeit unterbrochen, um den letzten Blick aus den Augen einer Katze entgegenzunehmen, jenes stille Einverständnis der Kreatur, das den Versuch auf die höchstmögliche sittliche Ebene erhob.

Mit Schaudern betrachtete Maria die chromglitzernden Gerätschaften und Elektroden, die Schnüre und Seile, die Zwangsjacken und die Spritzen mit den Drogen. Die Freundin ergriff sie am Arm. »Komm jetzt, wir müssen uns beeilen.« Lilibeth stellte den Korb bereit, bevor sie den ersten Käfig öffnete. Die Katze hatte sich in die Ecke gedrückt. Das arme Tier hatte Todesangst. Das blonde Mädchen hatte sich einen Arbeitshandschuh aus Leder übergezogen. Sie packte die Katze beim Nackenfell und hob sie in den Korb. Der nächste Käfig wurde geöffnet. Als zehn Katzen verstaut waren, kam der zweite Korb dran. Maria selbst nahm die Tiere aus ihren Käfigen und wunderte sich über die Apathie, mit der die Katzen die Aktion über sich ergehen ließen. Sie hatte erwartet, die Katzen würden kratzen, beißen, sich zu befreien versuchen. Nach und nach ging ihr die ganze Unmenschlichkeit der Tierversuche auf. Ihr war, als hätte sie einen Blick in eine Leichenkammer getan. Als die Körbe verschlossen waren, ergriff Lilibeth einen Hammer, der von Dr. Brendle und seinen Wissenschaftlern für die Knochenmarktests benutzt wurde. Bei diesen abscheulichen Versuchen wurden den Katzen die Gelenke mit Hammerschlägen zerschmettert.

Lilibeth benutzte den Hammer zu einem anderen Zweck. Sie zertrümmerte mit wütenden Schlägen die Meßapparaturen, die Kanülen und Reagenzgläser, die Holzblöcke und die Elektroden.

Eine Minute später saßen sie in Lilibeths Wagen. Die Körbe standen auf dem Rücksitz. Sie fuhren stadtauswärts, zu dem Gehöft, wo Lilibeths Freunde, eine Gruppe von Tierschützern, wohnten. Das Motorengeräusch übertönte das Miauen der Tiere.

Maria saß vornübergebeugt. Als sich der Wagen in Gang setzte, hatte sie zu schluchzen begonnen.

»Was hast du?«

»Ich kann immer noch nicht fassen, was in diesen Tierversuchsanstalten vor sich geht! Wie können Menschen so grausam sein?«

»Dafür gibt's verschiedene Erklärungen. Verdrängung ist die geläufigste. Der Forscher sucht sich eine Rechtfertigung. Er redet sich so lange ein, der Versuch sei notwendig, bis er zum Schluß selbst dran glaubt.«

Maria schwieg. Lilibeth warf ihr einen forschenden Blick zu. »Hast du etwa Gewissensbisse?«

»Nein. Ich bin froh, daß ich mitgemacht habe.«

Maria legte die Hand auf den Korb, dessen Griff zwischen den Rücklehnen hervorragte. »Gibt es in Deutschland eigentlich viele Labors, die Tierversuche veranstalten?«

»Jede Sekunde wird in der Bundesrepublik ein Tier für Versuchszwecke getötet, und zu viele dieser Versuche sind sinnlos. Dafür müssen jedes Jahr dreißig Millionen Tiere sterben.«

»Was für Tiere?«

»Vor allem Mäuse, aber auch Katzen, Fohlen, Kälber, Hunde und Kaninchen.«

»Warum tun die Forscher das?«

»Es gibt eigentlich nur eine Erklärung. Tiere können sich nicht wehren. Sie sind uns Menschen ausgeliefert.«

»Und du bist sicher, die Versuche sind oft sinnlos?«

»Das ist zigmal bewiesen worden, Maria. Medizinisch gesehen bringt die ganze Quälerei überhaupt nichts, weil die Ergebnisse von Tierversuchen nicht auf Menschen übertragen werden können. Die Forscher wissen das auch, aber sie wenden dieses Wissen nur an, wenn es den Auftraggebern nützt. Bei den Medikamenten, die zu Mißbildungen von Kindern im Mutterleib führten, wußte man aus Tierversuchen, daß ein solches Risiko bestand. Trotzdem wurde das Medikament freigegeben. Und andersherum – Penicillin wurde im Tierversuch erprobt und für untauglich befunden. Erst durch einen Zufall ist man darauf gestoßen, daß Penicillin beim Menschen eine Heilwirkung hat.«

»Du willst sagen, die Tiere werden zu Tode gequält, ohne daß es für die Humanmedizin was bringt?«

»Nicht nur, daß es nichts bringt, die Versuche *schaden* den Menschen, weil damit unter anderem Kampfgifte ausprobiert werden. Das Giftgas, das im Iran und im Irak Einsatz findet, ist zuvor an Tieren getestet worden.«

»Sind es denn nicht Mediziner, die solche Versuche überwachen? Menschen, die sich verpflichtet haben, das Leben zu schützen?«

»Die haben sich vor allem verpflichtet, die Bilanzen der Chemiefirmen zu schützen, von denen sie die Aufträge kriegen.«

»Dreißig Millionen Versuchstiere für die Erprobung von biologischen Kampfstoffen?«

»Natürlich nicht. Es gibt -zig andere Bereiche, wo Versuchstiere geopfert werden. Die Wissenschaft ist sehr erfinderisch, wenn es um Vorwände geht, warum man ein Tier leiden lassen könnte. Was überhaupt möglich ist, muß im Versuch getestet werden, auch wenn der Versuch schon tausendmal durchgeführt wurde und über das Ergebnis dicke Wälzer in allen Bibliotheken der Welt herumliegen.«

»Und welches sind die gebräuchlichsten Foltermethoden?«

»Es gibt einen Standardversuch, der in den Uni-Labors immer wieder durchgeführt wird. Man schneidet Katzen den Kopf ab und erhält den Rumpf mit einer Beatmungsmaschine am Leben, um den Studenten zu demonstrieren, daß die Muskeln vom Rückenmark, nicht vom Gehirn gesteuert werden. Die Katzen bekommen keine Narkose, wenn der Kopf abgesäbelt wird.«

»Das ist ja grauenhaft!«

»Und doch ist es nur die Spitze des Eisbergs. Die Tierexperimentatoren kennen keine Tabus. Es ist ihnen egal, daß die Tiere leiden. Da werden Schweine mit Elektroschocks zu Tode gebracht. Kälber werden an einem Galgen aufgehängt. Katzen werden bei vollem Bewußtsein die Augen zugenäht, an den Universitätslabors nennt man das die ›Methode Walter‹.«

»Und du sagst, unsere Universitäten machen bei solchen Praktiken mit?«

»Die machen nicht nur mit, die sind bei den Tierquälereien ganz vornean. Oft gibt es nicht einmal einen medizinischen Vorwand für die Versuche. Ein Auftrag von der Industrie genügt, und lebende Katzen werden in Plastiktüten gepackt und in die Tiefkühltruhe gesteckt.«

Lilibeth hatte sich in Rage geredet. Und Maria wunderte sich. Ihre Freundin hatte viele Monate lang neben ihr gearbeitet, ohne über diese Dinge zu sprechen.

»Besonders schlimm geht's in der Kosmetikindustrie und in der pharmazeutischen Industrie zu«, fuhr Lilibeth fort. »Da werden Hunderten von Versuchshunden Magensonden eingeführt, und dann werden die Tiere mit Kosmetika und Seife, mit Medikamenten und Nitrofarben gefüttert.« Sie schloß die Augen und schüttelte den Kopf. »Das ist alles so widerlich, Maria, so abstoßend, daß ich oft meine, ich lebe in einem Alptraum, und wenn ich aufwache, ist alles wieder gut. Aber es ist Wirklichkeit! Um die Knautschzone eines Automobils zu testen, müssen erst einmal ein paar Dutzend Affen dran glauben. Den Tieren werden Elektroden ins Gehirn implantiert, dann werden sie mit 100 km/h gegen eine Betonmauer katapultiert. Wenn ein Affe überlebt, wird er gesundgepflegt, er wird dann beim nächsten Experiment verbraucht.«

»*Verbraucht?*«

»Du hörst richtig. Die Forscher sagen tatsächlich *verbrauchen*. Für die Forscher ist das Tier eine *Sache*, mit der sie sich nach Belieben bereichern können. Und es gibt kein Gesetz, das Tierversuche verbietet! Wie findest du das?«

»Das hab' ich nicht gewußt.«

»Das haben die Leute nach dem letzten Weltkrieg auch gesagt. Versuche in Konzentrationslagern. Versuche an Kriegsgefangenen. Versuche an inhaftierten Kirchenmännern, an Kindern. *Haben wir nicht gewußt.*«

»Hier geht's um Tierversuche, Lilibeth. Warum erwähnst du die Versuche in den Konzentrationslagern im Dritten Reich?«

»Weil hinter Tierversuchen und Versuchen mit Menschen die gleiche Einstellung steht. Lebewesen werden wie eine Sache behandelt.«

»Du sprichst von Menschenversuchen. Das gibt es doch heute gar nicht mehr.«

»Und ob's das gibt! Zum Beispiel werden neue Medikamente an Insassen von Zuchthäusern und an Patienten von

Krankenhäusern und Altenheimen getestet. Natürlich ohne Wissen der Betroffenen.«

»Ich kann die Forscher nicht verstehen, die so etwas tun«, sagte Maria.

»Aber die Motive sind doch ganz klar! Die Einstellung heißt Profitgier, Verachtung des Menschen, Verachtung des Lebens überhaupt. Meiner Meinung nach sind die Forscher, die sich für so etwas hergeben, kranke Menschen. Jedenfalls sind es keine Zeitgenossen, auf die man in Forschung und Lehre stolz sein kann. Die Auftraggeber der Versuche wissen natürlich, daß Tierversuche nicht populär sind. Deshalb wird das Thema in den Medien nach Kräften lächerlich gemacht und heruntergespielt. Wer Tierversuche kritisiert, wird zum gefühlsduseligen Naturapostel abgestempelt oder zur schrulligen Diva, wie man es mit Brigitte Bardot versucht. Will die Robbenbabys retten, noch nie so gelacht, in dieser Art kannst du das dann lesen. Oder die Tierversuchsgegner werden in die Ecke der Umweltfreaks gedrängt. Dann heißt die magische Formel: Alle vom Osten bezahlt. Hauptsache, die Experimentatoren können in Ruhe ihr Bankkonto aufstocken.«

Sie waren in die Einfahrt des kleinen Bauernhofes eingebogen, wo sie die Katzen an Lilibeths Freunde übergeben würden. Das blonde Mädchen brachte den Wagen zum Stehen. Sie zog den Zündschlüssel ab und sah der schönen Griechin in die Augen.

»Ich hab' bei McDonald's mit dir über diese Sachen nie gesprochen, Maria, weil ich nicht sicher war, ob du mich überhaupt verstehen würdest. Es geht mir nicht um ein paar süße Katzen oder um ein paar putzige Dackel, die man von den Versuchen aussparen könnte. Es geht darum, daß die abscheuliche Geschäftemacherei mit dem Leiden der Tiere ein Ende haben muß. Wer keine Achtung vor Tieren hat, der hat auch keine Achtung vor den Menschen. Verstehst du jetzt, warum ich in das Laboratorium einbrechen mußte?«

Maria hatte ihre Tränen getrocknet. Sie starrte auf das Bauernhaus, dessen Mauern sich im Scheinwerferlicht abzeichneten. »Du haßt diesen Dr. Brendle, nicht wahr?«

»Ich hasse Menschen, die andere Lebewesen quälen, jawohl.«

»Es gibt trotzdem noch etwas, das ich nicht verstehe. Du machst keinen Unterschied zwischen dem Töten von Tieren und Menschen.«

»Weil es keinen Unterschied gibt! Die Überlegenheit über ein anderes Lebewesen gibt Macht, nicht Recht. Wir haben nicht das Recht, die Tiere zu töten, der einzige legitime Grund wäre Hunger. Aber die Tierexperimentatoren quälen nicht, weil sie Hunger haben. Sie töten und quälen, weil sie noch mehr Geld scheffeln oder weil sie sich mit einem Doktortitel schmücken wollen.«

»Bist du sicher, daß es so ist?«

»Ich bin sicher.«

7

Maria war sicher, das Verlangen, das Hans Visselle, 24, aufgehender Stern der politologischen Fakultät an der Münchner Maximilian-Universität nach ihr empfand, war nicht mehr zu steigern. Natürlich hatte sie ihrem Freund nichts von dem Einbruch in die Tierversuchsanstalt erzählt. Männer waren nicht nur rätselhafte Geschöpfe, sie waren auch empfindsam. Wahrheiten vertrugen sie, falls es denn sein mußte, nur tröpfchenweise. Die meisten Männer waren überfordert, wenn sie zwei Probleme auf einmal zu verdauen hatten.

Die Aktion Tierrettung war groß in die Zeitung gekommen, vor drei Tagen, aber die Polizei verdächtigte als Täter die Autonomen Tierschützer, eine Gruppe, mit der die beiden Mädchen nichts am Hut hatten. Allerdings wunderte sich Maria etwas, daß ihr Freund kein einziges Mal auf das Thema zu sprechen kam, das sie neuerdings so sehr bewegte. Aber vielleicht hatte er die Zeitung auch gar nicht gelesen. Sie nahm sich sicherheitshalber vor, auf gefühlsschwangere Geständnisse nach Mitternacht zu verzichten.

Es war zehn nach fünf, als Maria aus dem McDonald's an der Leopoldstraße 17 herausgeschlendert kam. Hans hatte den Wagen in zweiter Reihe vor dem Cafe ›Extrablatt‹ geparkt, einen Block stadteinwärts. Sie gingen zwischen den Plastiktüten entlang, die der Föhn gegen die Stämme der Pappeln geweht hatte.

Er hielt ihr die Tür auf, sie sprang in den Wagen. Sie kauerte sich zu ihm und verfluchte die deutsche Mittelkonsole. Die Autos kosteten soviel wie ein Haus, aber die Frau mußte sich das Handgelenk verrenken, wenn sie zärtlich zu ihrem Partner sein wollte.

Sie trug einen leichten fliederblauen Glockenrock, den ihr die Mutter geschneidert hatte. Der rote Pulli war von Karstadt am Nordbad. *Rot und Blau, Polackenfrau,* hatte der junge Spüler im McDonald's gesagt, als sie sich aus der Schicht verabschiedete, und Maria hatte die Bemerkung zum Anlaß genommen, den Arsch rauszudrücken und den Pulli straffzuziehen. Sie war stolz auf ihre Farbkombination. Mit einer Polin verglichen zu werden, war genau das Richtige. Polinnen waren sexy. Sagten die Männer.

Hans hatte das Radio eingeschaltet. ›Seit heute morgen wird vermißt...‹ Und dann folgte die Beschreibung des alten Mannes, der in Filzpantoffeln aus dem Altenheim Fürstenfeldbruck weggelaufen war und damit eine neue Wertigkeit, die des wandelnden Verkehrshindernisses, erklommen hatte. Vermißt wurde der Mann natürlich überhaupt nicht, das war immer die größte Lüge bei diesen Meldungen. Die Angehörigen, das Altenheim, die Sozialversicherung, die Polizei, alle wären eigentlich sehr froh gewesen, wenn der hilflos Herumirrende in eine größere Erdspalte gefallen und ohne Protokoll für alle Zeiten von der Bildfläche verschwunden wäre. Aber es gab keine größeren Erdspalten in Fürstenfeldbruck, und auf die besoffenen Autofahrer, die gern ältere Fußgänger auf den Kühler nahmen, war auch kein rechter Verlaß.

Fünf Takte Nena, und dann Stauung auf der Landsberger stadtauswärts, und der Geisteskranke auf dem Autobahnabschnitt Fotterschlick-Schlotterfick hatte die Autobahn wieder verlassen. Hoffentlich im eigenen Sarg. Maria tippte auf den Sucher. Die Nadel sprang auf Vince Weber. ›When you're down and out‹. Vieles war down and out. Aber man durfte sich von den Gerippen am Wegesrand nicht irremachen lassen.

»*Ssiga!*« sagte sie, als Hans auf die Garmischer Autobahn einbog. »Langsam!« Sie deutete auf den Radarwagen, der hinter der Böschung aufgefahren war. Vier grünuniformierte Familienväter mit der ureigenen Polizistenausdünstung nach Reval filterlos, Kantinenblumenkohl, Mannschaftsspind und verschwitztem Uniformtuch kassierten jede Menge Hunderter ab, von Leuten, die eigentlich nichts taten, als nach der verstopften Innenstadt etwas aufs Gas zu treten. Natürlich mußte das bestraft werden. Mit den tausendmal hundert Mark wurde eine neue Planstelle in der Ettstraße eingerichtet, wo sich die Beamten sowieso schon auf die Füße traten. Der neue Mann würde sich neue Radarfallen ausdenken.

Nach einer Viertelstunde Fahrt verließen sie die Autobahn. Es ging am Haus eines Antiquars vorbei, das in der Senke lag.

Der Mann, mit Hauptwohnung in München, hatte Maria ein Jahr zuvor, nach einem längeren Kolloquium über das Thema Coca-Cola, zu einer Kaffeetafel im Grünen eingeladen, in sein Landhaus. Sie gingen im Schatten wispernder Buchen, und nach der Erwanderung des Parks hatte ihr der Antiquar das Innere des Hauses gezeigt, wo es merkwürdig still war, die Antiquitäten standen herum, die im Geschäft in der Kunigundenstraße keinen Platz gefunden hatten, und der Kaffee duftete. Mit dem Gastgeber, den Maria einnehmend männlich fand, hatte sie dann aber leider nicht viel anfangen können. Er mochte nur junge Männer, gestand er ihr, als sie eine halbe Rhabarbertorte mit Sahne weggeputzt hatte, und Freistilringer mußten es sein, rohe Burschen mit der Ausstrahlung eines Gorillas.

»Freistil kann ich nicht«, hatte Maria geantwortet, und dann hatten sie sich über kretische Keramik unterhalten, Maria über die geschnürten Frauen, die der geneigten Nachwelt ihre prächtigen Brüste zeigten, der Antiquar über seine Vermutung, daß es sich bei diesen Frauen um verkleidete Freistilringer mit Gorillamentalität handelte.

Hans wich einem Geschwader von Motorrädern aus, und Maria fiel die Rockerbande ein, in die sie vor zwei Jahren von einer Freundin eingeführt worden war. Sie war nicht recht klargekommen mit diesen jungen Leuten. Zunächst mal hatten die ihr ein warmes Bier in die Hand gedrückt. Das war schon schwach. Als Einstieg, als Mutprobe war ihr angedient worden, auf dem Pasinger S-Bahnhof eine alte Frau mit der Fahrradkette zusammenzuschlagen, die Bande wollte ihr die Frau zutreiben, nachts um eins. Auch nichts, worauf Maria abfuhr. Wenig später hatte sie festgestellt, daß Rocker die meiste Zeit mit Streiten und gleichgeschlechtlichen Gehversuchen vertaten. Für das Mädchen blieb die leere Pfeife und ein Besoffener in einer mit Heringssalat und Soleiern vollgekotzten Kunstlederkluft, den sie nach Hause schleifen und seiner schwachsinnigen Mutter durch die Tür schieben mußte.

Sie zeigte Hans, wo er abbiegen sollte. Sie kannte den Waldweg vom Zeltlager, an dem sie als Fünfzehnjährige teilgenommen hatte. Verboten für Fahrzeuge aller Art, oder so ähnlich. Genau das Richtige für das, was sie jetzt mit Hans vorhatte. Niemand würde sie stören, nicht einmal ein Förster. Deutsche Förster gingen nicht mehr durch den Silberwald, und sie flirteten auch nicht mehr mit der Tochter vom Herrn Baron, sie saßen an ihrem Sperrholzschreibtisch und füllten Berichtsbögen fürs Landwirtschaftsministerium aus, Berichte, die dort ungelesen in den eigens für diesen Zweck angeschafften Kanonenofen gesteckt wurden.

Er stoppte und zog die Handbremse an. Maria warf einen Blick in die Runde. Gut. Schatten. Der Weg war zu erkennen, in beiden Richtungen. Zum Wald waren es fünf Meter.

Sie drückte den Hebel des Liegesitzes herunter und machte es sich bequem. Hans hatte eine Kassette eingelegt. Konstantin Wecker, der einem erschlagenen Spezi nachröhrte. Wie sie das fand?

»Muß nicht sein«, sagte Maria. »Bißchen viel Brillantine für den frühen Abend.« Hans schaltete auf Ö III um, wo Barry White sein Unwesen trieb. Immerhin gab es vier schwarze Uah-Uah-Mädchen, die sich als gewichtige Lotosblüten um das zweite Mikrofon rankten. Barry White fing erst gar nicht an, wenn sich nicht vier halbnackte Negermädchen auf offener Bühne ihrem Höhepunkt entgegenarbeiteten.

»Gut?«

»Gut.«

Er hatte einen Flachmann mit Whisky aus dem Handschuhfach geholt. »Magst du?«

Maria stützte sich auf die Ellenbogen. Sie schüttelte den Kopf, und ihr schwarzes Haar war wie Nattern, die vom Tritt eines Cowboystiefels in ihrem Korb aufgescheucht worden waren.

»Wirklich nicht?«

»Ich kann nicht auf Alkohol.«

Sie hob das Knie und sah ihm zu, wie er an dem Riemchen ihrer Schuhe herumspielte. Sie streichelte ihn über die Hand. »Ich würd' die Schuhe gern dabei anlassen. Stört's dich?«

Nein, das störte den Sohn eines Hals-Nasen-Ohren-Arztes ganz und gar nicht. Im Gegenteil, es erregte ihn, als sie sich den Rock auszog und die Schuhe anließ. Der Pulli folgte. Sie lag da, eine *maja con zapatos*, mit Brüsten wie schwellende Kissen. Sie ließ die Grübchen an ihren Schenkeln zucken, und nachdem er sich von ihren Schuhen abgewandt hatte, waren seine Finger wie eine Zunge, die in ihrem Schoß nach Honig forschte.

Die Sonne war hinter den Baumspitzen verschwunden, als seine Hand ihre Brüste erreichte. Maria schürzte die Lippen. »Komm!«

Sie schloß die Augen und spürte, wie seine Zunge die Warzenhöfe abzutasten begann. Ein Kreis, und noch einer.

Plötzlich hatte sie das Gefühl, sie müßte ihm Mut machen. »Ich mag's, wenn ich deine Zähne spüren kann«, sagte sie. Aber sie bekam seine Zähne nicht zu spüren. Aus irgendeinem Grund wagte sich Hans nicht an die Nippel des Griechenmädchens heran, dabei waren es sehr bemerkenswerte Nippel, rund und hart wie Lakritzstangen. Auch so dunkel. Aber trotz solcher Vorzüge hatte er von ihrer Brust abgelassen und sich der Erkundung ihres Bäuchleins zugewandt. Die Ausbuchtung in seinen Jeans war gewachsen, als Maria ihre Schuhspitzen ins Leder der Rückenlehne spießte. Sein Mund lag auf ihrem Bauchnabel, und dann füllte seine Zunge die kleine Mulde mit Speichel. Sie betrachtete Hans von der Seite. Als ihr Ellenbogen an sein Glied stieß, wurde ihr klar, daß sie sich umsonst Sorgen machte. Er hatte das Ding so hart, daß sie sich zu wundern begann, wie die ganze Angelegenheit überhaupt noch in der Hose Platz hatte.

Hochwürden Stefanopolos, wenn Sie mich jetzt sehen könnten. Maria senkte den Blick. Die inständigen Ermahnungen ihres Beichtvaters fielen ihr ein. Warum mußt du immer *daran* denken, Maria? Sehr richtig. Warum muß ich immer *daran* denken?

Andererseits, sie war achtzehn, und auf ein Ave Maria mehr oder weniger kam es auch nicht an. Es gab – diese Erfahrung hatte die schöne Griechin im McDonald's gemacht – zwei Sorten Mädchen. Die einen sprachen drüber, und die anderen taten es. Sie war entschlossen, ohne Umwege zur zweiten Gruppe zu stoßen.

Sie hob den Schoß, so daß sein Mund in ihren Wald eintauchen konnte. Sie spürte, wie er zusammenzuckte. Ihre Hand glitt zu seinem Gürtel. Sie öffnete die Schnalle und ergriff, was nicht mehr zu übersehen war.

»Warte noch«, sagte er gepreßt. Es war dunkel geworden im Wagen, und auf einmal war Maria für Hans Visselle, 24, keine Griechin mehr, sondern eine Spic. Von einem jungen Amerikaner hatte er erfahren, daß die Puertorikaner in New York ›Spics‹ genannt wurden. Die Abkürzung von Hispanics. Wer spanisch sprach, war ein Spic, und wenn in New York jemand spanisch sprach, dann war es meist ein Puertorikaner.

»Spic«, sagte er in die Dunkelheit hinein.

Sie erschrak. Nach ein paar Sekunden faßte sie sich.

»Wie meinen Euer Merkwürden?«

Er zögerte. »Das verstehst du nicht.«

»Erklär's mir trotzdem.«

Aber Hans konnte nichts mehr erklären. Er war in seinen Gedanken längst nicht mehr bei Maria, und er war längst nicht mehr im Wagen. Er ging im Kreise, tagsüber und vor allem nachts. Wie so oft in den Wachträumen der letzten Monate war er der Chef einer Agentur in New York City, einer Agentur, die sich auf die Vermittlung von Puertorikanerinnen für Nebenrollen bei den großen Filmgesellschaften spezialisiert hatte. Natürlich war er verheiratet, ein Agenturchef bekam von den Banken und den Filmgesellschaften kein Vertrauen entgegengebracht, wenn er nicht verheiratet war. Die Heirat stand nicht nur auf dem Papier. Mr. Visselle, der New Yorker *Agent*, schlief mit seiner Frau einmal in der Woche. Das Wort zum Sonntag. Was ihn an den *Spics*, den Puertorikanerinnen, so reizte, darüber konnte er mit seiner Frau allerdings nicht sprechen. Christina kam aus einem strengen Elternhaus in Nebraska und machte das Licht aus, bevor sie ihr Nachtgewand, eine Kreuzung zwischen Zwangsjacke, Schlafsack und Tschador, anzog.

Die Bewerberin hatte das Büro betreten. Mr. Visselle war ans Fenster getreten und sah auf die tausend bunten Autos auf der Fifth Avenue hinab. Das Bildnis des schlanken Mädchens – sie stand inzwischen in der Mitte des Raums und wiegte sich in den Hüften – spiegelte sich in seinen violett beschichteten Brillengläsern. Er wandte sich um.

»Es beeindruckt mich nicht, daß Sie die Schenkel aneinanderpressen, Miß Rios. Ich fürchte, Sie machen sich falsche Vorstellungen von dem Job.«

»Ich dachte...«

»Wir müssen sowieso erst Probeaufnahmen machen, bevor ich etwas entscheiden kann, Miß Rios.«

Er ließ seinen Wagen vorfahren, eine schwarze Limousine mit Citroen-Styling und V-8-Motor von Ford, eine Sonderanfertigung der Karosseriefirma H. Forgber in Plains, Ohio.

»Nach Philadelphia.«

Es war eine Weiße, die den Wagen lenkte. Blasse, ungesunde Gesichtsfarbe, Jerseykleid, Perlenkette, Schuhe von Gucci, Strümpfe von Dior, Tripper von Enrico Viticelli, einem Brauereivertreter aus Pittsburgh. Die Puertorikanerin, ein dunkler Typ mit sinnlichen Lippen, hatte im Fond des Wagens neben Mr. Visselle Platz genommen. Es gab eine ledergepolsterte Armlehne, die sie von ihm trennte. Als sie die Beine hochzog, mußte er feststellen, daß sie bis zum Gürtel barfuß war. Er hatte nichts anderes erwartet.

Das Mädchen hatte den Kopf gehoben. Sie vergewisserte sich, daß die weiße Fahrerin sie im Rückspiegel beobachten konnte. Es schien ihr *angenehm* zu sein, daß sie beobachtet wurde. Mr. Visselle sah, wie sie sich vorbeugte, bis die Brüste den Ausschnitt ihres Kleids ausfüllten. Sie stützte die Ellenbogen auf die Knie und warf den Kopf herum, so daß ihr schöner Nacken sichtbar wurde. »Würden Sie mir bitte den Lippenstift von den Zähnen wegmachen, Mr. Visselle?«

Es war eine sonderbare Bitte, und trotzdem hatte er vorausgeahnt, daß sie diese Art von Aufforderung, in welcher Worthülse auch immer, an ihn richten würde.

»Ich weiß nicht, wie Sie sich das vorstellen, Miß Rios.«

Er sagte das nur, um sein Gesicht zu wahren, denn er wußte sehr wohl, was Miß Rios sich vorstellte. Als die weiße Fahrerin den Brückenzoll aus dem Fenster geworfen hatte, ruckte der Wagen an. Hans kniete vor seinem Spic-Mädchen. Der Duft nach gebratenem Stockfisch, nach Reis und Fleisch schlug ihm entgegen. Während der Wagen durch Harlem rauschte und während die Spucke der Negerkinder an den Scheiben hinunterglitt, studierte er den Bewerbungsbogen, den Miß Rios im Warteraum ausgefüllt hatte. Merkwürdigerweise hatte sie nur ein Kreuz gemacht.

Die Telegrafenmasten, die Müllberge und die Tankstellen von Westchester waren in Sicht gekommen, als das Spic-Mädchen ihre Betriebstemperatur erreicht hatte. Sie fletschte die Zähne. »Jetzt!«

Er streckte den Zeigefinger aus und entfernte die Lippenstiftspuren von ihren Zähnen. Ihm war klar, was da auf dem Schmelz von 04,05,07 und 08 klebte. *Chicago Blanters Eight*. Sie hielt die Arme hinter dem wohlgeformten Kopf verschränkt. Das glatte Haar hatte sich gelöst, es umfloß ihren schlanken Hals. Merkwürdig, daß sie glattes Haar hatte. Es mußte sich um eine Mulattin handeln.

»Ich sehe, Sie haben sich die Achselhöhlen ausrasiert«, sagte er, als der Wagen das Weichbild New Yorks verlassen hatte. »Für das lateinamerikanische Publikum werden Sie sich das Achselhaar wieder wachsen lassen müssen.«

Das Spic-Mädchen hatte nichts gegen mehr Achselhaar einzuwenden. Sie hatte auch sonst nichts einzuwenden. Sie hatte ihren Schneidersitz aufgegeben und strich sich über den blauen Faltenrock. Draußen glitten die brennenden Fassaden der Negerviertel vorbei. Es gab ein paar dunkelhäutige Mädchen, die ihre Röcke gerafft hatten und vor den löschenden Feuerwehrmännern in die Hocke gegangen waren. Ihre Art von Protest, weil die Einsatzleitung *Whiteys* geschickt hatte, weiße Feuerwehrmänner.

Der Wagen hatte eine Reihe von Schlaglöchern durchfahren, die von Bürgermeister Koch unter Denkmalschutz gestellt worden waren. Hans folgte dem Blick des Mädchens. Sie sah auf ihre Schuhe, deren Leder die Knöchel freigab. Es hatte Mr. Visselle immer sehr erregt, die Knöchel farbiger Schauspielerinnen zu betrachten, ob die Mädchen nun in einer Gewerkschaft organisiert waren oder nicht, und in seiner Agentur hatte er reichlich Gelegenheit zu derartigen Studien. Die Mädchen, so schien es ihm, bestanden ohnehin nur aus Beinen. Vor allem hatten Puertorikanerinnen hübschere Oberschenkel als weiße Frauen. Sie hatten mehr Muskeln im Oberschenkel, und die Haut war glatter. Sie hatten mehr Schamhaar, wenn man diesen Bereich ruhig einmal zum Bein rechnete, weil die Dinge dort recht nahe aneinander vorbeiwuchsen.

»Sie haben zuviel Schamhaar, Miß Rios«, hörte er sich sagen. »Für das Filmpublikum an der Ostküste werden Sie's etwas ausdünnen müssen. Und dann haben Sie auch zuviel Busen. Das Drehbuch schreibt eine Lehrerin vor, eine harte Pioniersfrau aus Irland, keine Spic, die voll im Saft steht.«

»Voll im Saft, Mr. Visselle? Wie darf ich das verstehen?«

Er räusperte sich. »Ein Ausdruck aus der Botanik.«

»Was ist Botanik?«

»Ein Haus in Manhattan«, sagte Mr. Visselle.

Miß Rios brachte ihre Knie zusammen. X-Beine. Mr. Visselle fand es reizend, wenn eine Puertorikanerin, außer den bekannt glatten Schenkeln, auch noch X-Beine hatte.

Miß Rios machte einen Schmollmund. Sie verschränkte die Arme, bis sich die Brüste vor den Abgrund der Busenfurche schoben. Sie holte ein Mickey-Mouse-Heft aus ihrer Lackledertasche hervor und begann zu lesen. Mr. Visselle fiel auf, daß sie das Heft verkehrt herum hielt.

»Haben Sie das Drehbuch gelesen?«

»Ja.«

»Glauben Sie, daß Sie der Rolle charakterlich gewachsen sind?«

Die Frage schien eine verborgene Saite in Miß Rios angerührt zu haben. Sie begann zu schluchzen. Sie löste ihren

BH und gab ihm das eingenähte Etikett zu lesen. *Juvenile Delinquents Titbag.*

»So etwas Ähnliches habe ich mir gedacht«, sagte er knapp. »Ich werde mich mit Ihrer Bewährungshelferin über das weitere Vorgehen unterhalten.« Er notierte die Telefonnummer, die sie ihm gab.

»Wann werden Sie mit Mrs. Guzman sprechen?«

»Wenn nachts die Sonne scheint.«

Es war klar, daß ein Spic-Girl, in dessen Wohnung selbst bei Tag nie ein Sonnenstrahl fiel, mit einer solchen Antwort nicht viel anfangen konnte. Inzwischen tat ihm das Mädchen leid. Er würde ihr gestatten, ihre Haare zu tragen, wie sie wuchsen, wo auch immer. Afrolook oder glatt, mit französischem Fixativ oder Negerinnen-Spray, mit Lockenwicklern oder ohne. Er würde ihr gestatten, den BH mit Watte auszupolstern, falls der Jeansstoff an den Nippeln scheuerte.

Sie waren vor der Town Hall von Philadelphia angekommen, wo die Probeaufnahmen entstehen würden. Der Kameramann und der Standfotograf waren schon da.

Sie waren ausgestiegen. Das Spic-Mädchen stand da und wippte, bis ihre Brüste zu schwingen begannen. Es sah puertorikanisch aus, unästhetisch und aufregend. Es war ein wunderschöner Morgen in Neuengland.

»Soll ich die U-Bahntreppe runtergehen, Mr. Visselle?«

Er schwieg.

»Soll ich in den Springbrunnen steigen?«

»Soll ich mich auf die Kühlerhaube legen?«

»Soll ich die Rollschuhe anziehen, damit ich hinfallen und mein Höschen zeigen kann?«

Er schwieg. Erst in der Abgeschiedenheit des Fotolabors würde er ihr sagen, was sie machen mußte, um die Rolle zu bekommen. »Das sicherste ist, Sie waten mit Ihren hochhakkigen Schuhen in der Entwicklerflüssigkeit herum, bis der Kontrast richtig rauskommt.«

Aber erst mußten die Fotos ja geschossen werden. Der Mann von der Schauspielergewerkschaft hielt die Eieruhr hoch. Es klickte, und dann hatte sich die Eieruhr in eine schwarz-weiß gemusterte Filmklappe verwandelt. »Spic die erste.«

Die Kamera begann zu surren. Der Philosophiestudent ging mit dem Galgen in der Hand auf das Mädchen zu, ein Meßdiener des Zelluloids, und das Mikrofon war ein Drahtei, das an einer Schnur heruntergelassen und wieder aufgespult werden konnte.

Mr. Visselle hatte der Puertorikanerin die Anweisung gegeben, sich auf die oberste Stufe der Stahltreppe zu stellen, die den Platz mit der Hochbahn verband. »Jetzt brauchen wir nur noch zu warten, bis ein Zug aus der Lower East Side kommt«, sagte er leutselig. Aber das Mädchen verstand die Anspielung nicht. In der Lower East Side wohnten die Spics, ihr eigen Fleisch und Blut. »Ich möchte, daß sie sich wohl fühlen bei den Aufnahmen«, fügte er hinzu. Wer sieht nicht gern einen U-Bahnzug aus seiner Heimat.

»Warum soll ich mich bei den Aufnahmen denn wohl fühlen?« erkundigte sich die Puertorikanerin. »Ich fühle mich doch sonst auch nicht wohl.«

»Eben darum, weil Sie sich sonst *nicht* wohlfühlen«, sagte Mr. Visselle. Es kam ihm bei diesem Film auch auf die gesellschaftliche Aussage nach Aubeck-Leopold an. Die Umwelt formt den Menschen, nicht das Erbgut. Erst das Sein macht das Bewußtsein.

Die Hochbahn kam. Die Streben erzitterten, und das Pflaster begann zu beben. Erst als der Zug nicht mehr zu hören war, kam der Windstoß, auf den der Kameramann gewartet hatte. Das Mädchen war nackt bis zum Hals. Dann, als achthundert Meter abgedreht waren, gab Mr. Visselle die Weisung, ihr den Rock über die Blöße zu ziehen. »Einen Vorteil haben Sie«, sagte er.

»Und der wäre?«

»Ihr Gefühl sitzt, wo's hingehört.«

»Mein Gefühl sitzt, wo's bei allen Frauen sitzt.« Sie hatte eine Zeitlang die Luft angehalten, und dann schenkte sie ihm das Stöhnen ihrer Erleichterung. Er war sicher, daß sie sich gut miteinander verstehen würden. Und so kam es auch. Als es wieder hell wurde, saßen sie im ›Elaine's‹. Das Spic-Mädchen hatte die Hände zu einem Kathedralendach gespreizt. »Möchten Sie ein paar Oliven zum Salat?« fragte sie.

»Zwei Oliven«, sagte er. »Und zwar schwarze.«

Die entwickelten Fotos wurden gebracht. Er zahlte. Sie kehrten in die Agentur in der Fifth Avenue zurück, und das Mädchen bat ihn, ihm die Fotos der anderen Mädchen zu zeigen, die Alben. Es gab eine fahrbare Leiter, mit der die Bücherwand erstiegen werden konnte.

Sie wollte die Leiter hochklettern, aber er hielt sie zurück. »Ich finde es abscheulich, wenn Frauen zum Schauobjekt des Mannes erniedrigt werden.«

»Was ist ein Schauobjekt?«

»Eine Frau, bei deren Anblick die Männer Verlangen empfinden.«

»Was ist Verlangen?«

»Was die Männer spüren, wenn sie eine Frau sehen.«

»Spüren Sie Verlangen nach mir?«

Er dachte gerade über ihre Frage nach, als sie das Thema wechselte. Worum es bei dem Film eigentlich ginge? Sie hätte das Drehbuch nicht gelesen. Sie könnte gar nicht lesen.

»Ein Western«, sagte er. »Die erste Szene spielt in einem Saloon. Der Raum war früher mal eine Scheune und zwischendurch auch mal eine Dorfschule, aber jetzt ist es ein Saloon. Es ist früh am Morgen. Ein Franzose im Trikot, Tränensäcke, Toupet, steht auf einem Stuhl. Er ist der Balettmeister der Can-Can-Tänzerinnen, die ihren Auftritt proben. Eines der Mädchen spielt Banjo. Weil sie so schön spielt, bekommt sie vom Balettmeister eine besondere Vergünstigung. Sie darf während der Probe ihr Höschen anbehalten. Die Banjospielerin, das sind Sie.«

»Danke. Sind die anderen Tänzerinnen ebenso hübsch wie ich?«

»Genauso hübsch. Es sind Hexen.«

»Ich bin aber keine Hexe.«

»Verbrannt werden Sie trotzdem. Das geschieht in der Schlußszene des Films.«

»Warum werde ich verbrannt?«

»Weil ich nur Filme mache, wo Feuer vorkommt. Es ist die

reinigende Flamme, die den Menschen von der Erbsünde befreit. Sie kriegen die Rolle allerdings nur, wenn Sie kein Mascara verwenden.«

»Ist das so wichtig?«

»Die Requisiten müssen stimmen. In der Pionierzeit Amerikas gab's kein Mascara, deshalb ist das Land auch so groß und wohlhabend geworden.« Er machte ein Gesicht wie Lincoln vor Fort Knox.

Das Spic-Mädchen war beeindruckt. »Darf ich eine Frage stellen?«

»Natürlich nicht. Wenn die Schauspielerinnen erst einmal Fragen stellen, ist der Unmoral Tür und Tor geöffnet. Das bahnt den Weg für eine Überbetonung der Sexualität.«

Das Spic-Mädchen holte Luft. Sie sah an sich hinunter, wie es Frauen tun, die ziemlich sicher sind, daß sie wieder mal vergessen haben, das Höschen hochzuziehen. Die Geste sollte sittsam wirken, schüchtern. Aber Mr. Visselle hatte das Mädchen längst durchschaut. Das verräterische Leuchten in ihren Augen war ebensowenig zu übersehen wie der Glanz in ihrer Schamfuge. Er bat sie, sich umzudrehen und schob ihr die Bluse hoch. Er kniete nieder und küßte ihr die Kniekehlen.

Maria hatte sich zu Hans Visselle hinabgebeugt. Er gab ihr Knie frei und sah zu ihr auf.

»Ist dir nicht gut?« fragte sie.

Er antwortete nicht. Maria hatte sich ausgezogen, sie bot ihm den Mund, schenkte ihm die Nacktheit ihrer Brüste. Sie hatte den Kopf auf die Rücklehne gebettet, so daß der Schwall ihrer Haare sein Glied einhüllte. Ihre Beine waren angewinkelt, und sie ließ ihm das Fruchtfleisch ihrer Scham in die Hand wachsen. Als ihr Geruch zu ihm hochstieg, wurde er von einer nie erlebten Süße durchströmt. Er schob Maria von sich, um sie zu betrachten. Ihr Oberkörper war gerade und aufrecht, das Fleisch fest, die Brüste voll und schwer. Die Muskeln ihrer Schenkel zuckten. Sie hielt eine Hibiskusblüte im Mund. Nach einer Weile nahm sie die Blüte und steckte sie sich ins Haar.

»Warum starrst du mich so an?« fragte sie.

»Weil du schön bist wie eine Göttin. Wie eine Statue.«

Am liebsten hätte Maria ihm eine runtergehauen. »Ich will keine Göttin sein. Ich bin ein Mädchen aus Fleisch und Blut. Eine Frau, mit der du schlafen kannst.« Sie umfing ihn voller Zärtlichkeit. »Komm!«

Er blieb starr wie ein Baum. Er saß neben ihr, mit geschlossenen Augen. Maria war den Tränen nahe. Warum stellt er mich auf einen Sockel? Ich habe mich so danach gesehnt, ihm meine Unschuld zu schenken, meine ganze Liebe. Statt dessen faselt er von Göttinnen. Scheiße!

Er schien ihren Zorn zu spüren. Er zog sie an sich, und Sekunden später hatte sein Mund zu ihren Schenkeln gefunden. Es war wie verhext. Schon beim ersten Mal in der Wohnung waren sie kurz vor der Vereinigung gewesen, aber Hans hatte die Gelegenheit ungenutzt verstreichen lassen.

Sein Mund fand zu ihren Knien. Seine Lippen glitten an ihren Schenkeln hoch, und dann begann seine Zunge das Zentrum der Lust zu liebkosen. Sie ballte die Hände zu Fäusten. Begriff er denn nicht, daß es *richtig* viel schöner war? Verstand er nicht, daß der Deckel auf den Topf gehörte und sein Leib an den ihren?

Er hatte die Augen geöffnet. Er tastete nach der Fülle ihrer Brüste. Er riß Maria an sich. Sie spürte seine pochende, zukkende Männlichkeit an ihrem Bauch.

»Nimm mich«, sagte sie. »*Tora!* Jetzt!« Sie sah ihn an. Er wandte den Blick.

»Besorg's mir«, flüsterte sie. »Du kannst mich haben. Ich bin frisch wie ein Brunnen.«

Er rührte sich nicht.

Sie ergriff ihn bei den Schultern und zwang seinen Blick auf sich. »Nimm mich!«

Er hatte sich von ihr gelöst. Er robbte zum Vordersitz und schob eine Kassette in den Spalt des Geräts. Simon & Garfunkel. Mrs. Robinson. Er kam zurück und senkte seinen Kopf zwischen ihre Schenkel. Beschämt spürte sie seine Zunge. Und dann bekam sie es mit der Wut zu tun.

»Ich will, daß du es mir machst, ist das denn so schwer zu

verstehen. Mit dem Ding da, nicht mit der Zunge. Du sollst mich fertigmachen, Hans. *Richtig.* Tief und fest!« Sie sprach jetzt leiser. »Ich will, daß du mich liebst. Ich will, daß wir miteinander schlafen wie Mann und Frau. Ich will, daß du meine Lippen küßt, wenn du mich umarmst.«

Er hielt die Augen geschlossen. »Bitte, Maria, ich möchte dich küssen, wo... Ich sehne mich danach, seit ich dich zum erstenmal sah. Du bist für mich wie eine griechische Göttin, und ich möchte, daß das immer so bleibt.«

Sie mußte an sich halten, um nicht loszuschreien, und plötzlich war er über ihr, stark, fremd und schweigsam, zwängte ihr die Schenkel auseinander, seine Zunge tauchte in ihren Schoß ein, durchwanderte die Mäandermündungen der Scham, füllte die Leere. Maria hatte jeden Widerstand aufgegeben. Das Blut in ihren Ohren begann zu rauschen, so laut, daß es das Schlürfen seiner Lippen übertönte. Voller Widerwillen spürte sie, wie sich der Pyramidenspringer ihrer Geilheit in Bewegung setzte, der Fluß floß dahin, lehmig und träge, Mrs. Robinsons jugendlicher Liebhaber, ein Blechtrommelgnom, war ins Hotel gekommen, die Gitarren zirpten, und als die Zunge Marias Königskammer mit der Milch der frommen Denkungsart füllte, johlte der ganze Central Park, das Zischen der Sonnenscheibe war zu hören, die vor Kos ins Meer tauchte, und Maria lag da, stöhnte vor Wonne, nahm das Opfer entgegen, das aus ihrem Innersten ans Gestade der Liebe gespien wurde, sie stemmte sich in die Ledersitze und wand sich in Zuckungen, bis die Wogen der Lust in sich zusammenstürzten und als kühles Echo gegen den Fels ihrer Sehnsucht klatschten.

Sie kam erst wieder zu sich, als die Kassette aus dem Spalt des Geräts schoß. Sie hörte, wie Hans eine neue Kassette aus dem Handschuhfach holte. Sie richtete sich auf. Er hatte ihr den Rücken zugekehrt.

Sie beschloß, einen letzten Versuch zu wagen. Vielleicht war alles nur ein Mißverständnis gewesen. Es war wichtig, daß man miteinander sprach. Gerade wenn man sich nicht verstanden hatte, mußte man miteinander sprechen.

»Komm zu mir«, flüsterte sie. »Laß uns miteinander schlafen, wie es richtig ist.«

Sie wollte ihn umfassen, als ihre Hand auf dem Ledersitz ausrutschte. Ihre Finger kamen feucht zurück.

Er hat mich betrogen, dachte sie. Er hat mich um meine erste Nacht betrogen. »Warum hast du nicht gewartet, Hans?«

Er musterte sie und versuchte ein Lächeln. »Ich bin glücklich, so wie es ist, Maria. Du bist für mich...«

Sie stieß ihn von sich und raffte ihre Kleider zusammen. »Bring mich nach Hause!«

Für die Rückfahrt hatte er Volker Kriegels ›Schöne Aussichten‹ eingelegt.

8

Als Selma Teffler, 21, sich bei Dr. Paul Plintinger, dem Arzt für Allgemeinmedizin in der bayerischen Marktgemeinde Egg, auf die Liege streckte, ahnte sie nicht, daß sie im weiteren Verlauf jenes Tages Freundschaft mit Maria Marianopolos schließen würde. Sie ahnte nicht einmal, daß es ein Land wie Griechenland überhaupt gab.

Selma war eine Filipina, die zwei Jahre zuvor – eigentlicher Anlaß war ein verheerender Wirbelsturm – von der Pazifikinsel Panay in die Bundesrepublik eingewandert war. In dem philippinischen Achtzigseelendorf bei San José de Buenavista gab es Schulunterricht nur bis zum zehnten Lebensjahr, und so war das aufgeweckte Mädchen nur ganz am Rande mit den geographischen Gegebenheiten in Europa vertrautgemacht worden. Europa lag bei Manila, gleich neben dem Flugplatz, und die Hauptstadt von Europa hieß Amerika.

In Selmas Patientenkarte, die auf Dr. Plintingers Rollpult lag, war ihr Mädchenname vermerkt: Cerion. Den Namen Teffler führte sie, seit sie mit Leo Teffler, dem Schmied von Egg, in einer luftigen philippinischen Kirche die Ehe geschlossen hatte.

Dr. Plintinger hatte die Brille abgesetzt. Er war ein Mann um die 55, mit vornübergebeugten Schultern und dem wachen Blick des Praktikers. Er vergewisserte sich, daß Selma sich ausgezogen hatte. Er trat an die Couch. »Beschwerden?«

»Da«. Selma deutete auf das Muttermal an ihrem Hintern.

»Ist es größer geworden?«

»Finden Sie's denn nicht groß genug?«

Dr. Plintinger setzte die Brille wieder auf und beäugte das winzige Gebilde. »Nicht schön.«

Selma zog eine Schnute. »Meine Mutter hat gesagt, es ist ein Schönheitsfleck.«

»Die Bezeichnung ist nicht so wichtig. Was ich meine ist, so ein Mal sollte nicht größer werden.«

»Normalerweise sieht man's nicht«, sagte Selma. »Ich dachte nur, ich müßte es Ihnen mal zeigen.«

»Das ist ja auch völlig richtig.« Er strich mit dem Zeigefinger über die blauschimmernde Oberfläche. Selma hob das Bein und scheuerte ihr Knie an seinem Kittel. Er sah sie fragend an.

»Kitzelt«, sagte sie.

»Das Muttermal?«

»Das Knie.« Sie begann sich zu kratzen. Sie hatte sich aufgestützt und strahlte ihn an. Das Gesicht war chinesisch, das Haar spanisch, das Lächeln indisch. Dr. Plintinger hatte in einem gebundenen Werk eines Freundes nachgelesen, daß diese drei Länder für den Liebreiz der philippinischen Frau verantwortlich waren, weil Siedlerwellen aus China, Spanien und Indien die philippinischen Eingeborenenfrauen wiederholt und mit Genuß aufgemischt hatten. Er war erstaunt, in dem Exemplar, das sich da vor ihm rekelte, gleich alle drei Erbeinflüsse wiederzufinden.

»Muß ich ins Krankenhaus?« fragte sie.

Er schmunzelte. »So schlimm wird's wohl nicht werden. Aber man könnte einen Labortest machen.«

»Ein Labortest?«

Er pikste ihr mit dem Fingernagel in das Muttermal. »Man nimmt ein bißchen weg und untersucht es, ob's bösartig ist.«

»Tut das weh?«

»Ein bißchen.«

»Kommt nicht in Frage.« Selma war aufgestanden. Sie begab sich, nackt wie sie war, zur Wand, wo Dr. Plintingers Bestallungsurkunde hing. »Was ist das?«

»Meine Approbation«, sagte er. »Wenn man Arzt wird, muß man eine Prüfung ablegen.« Er war ihr gefolgt und stand hinter ihr. Der Schlauch seines Stethoskops strich über ihre Hüften. Sie wagte sich nicht zu rühren.

Sie studierte das Siegel. »Ich verstehe. Sie zahlen hundert Mark, und dann dürfen Sie heilen.«

Dr. Plintinger runzelte die Stirn, aber die Geste ging ins

Leere, weil die junge Frau ihm immer noch den Rücken zudrehte.

»Mit Geld hat das nichts zu tun. Man lernt Patienten behandeln, und dann kriegt man solch eine Urkunde. Vorher darf man niemandem helfen.«

»Und wenn man's trotzdem tut?«

»Ich sagte schon, es ist verboten.«

»Kommt die Polizei, wenn man's trotzdem tut?«

»Auch das.«

»Ich würd' mir deswegen aber keine Sorgen machen«, sagte Selma. »Man braucht dem Polizisten nur zehn Mark zu geben, dann geht er wieder weg. Das macht mein Mann immer, wenn er falsch parkt.«

Es war Föhn. Dr. Plintinger spürte das in der Schulter und in den Nasennebenhöhlen. Er strich sich über die Stirn. Selma hatte sich umgewandt. Sie tippte mit dem Finger auf die Brustwarze und ließ die Brust wippen.

»Oder?« fragte sie.

»Oder was?«

»Ob zehn Mark für einen Polizisten genügen?« Sie hatte den roten Schlauch des Stethoskops ergriffen und zog ihm das Gerät aus der Tasche.

»Das kommt darauf an, was man ausgefressen hat. Wenn ich Polizist wäre, ich würde Sie nicht für zehn Mark wieder laufen lassen. Kann ich jetzt mein Stethoskop wiederhaben?«

Sie gab ihm das Gerät zurück. »Für wieviel *würden* Sie mich denn wieder laufenlassen?«

Er war zu seinem Schreibtisch gegangen. Immer brachte sie das Thema Geld ins Gespräch. Selma war die Frau, die sonntags ein Fünfmarkstück in den Klingelbeutel steckte. Fast soviel wie der Zweigstellenleiter der Raiffeisenkasse, der 10 Mark gab. »Tausend«, sagte er und schmunzelte. »Ich würde Ihre Kaution auf tausend Mark festsetzen.«

»Ich find's nett, daß Sie mich hoch veranschlagen.« Ihr Deutsch hatte Selma von der Schwiegermutter, einer gebildeten alten Frau, die einmal im Jahr nach Teneriffa flog und in der Zwischenzeit Leo Tefflers Prachtfinken (*Padda oryzivora* und *Taeniopygia guttata*) beaufsichtigte.

Selma kehrte zum Liegebett zurück und ließ ihr Haar über die Bahn aus schmierseifegrünem Kreppapier streifen. Sie stand vornübergebeugt, während Dr. Plintinger seine Brillengläser putzte. »Würden Sie es sich noch mal ansehen?«

»Was denn?«

»Das Muttermal.«

Er fuhr sich mit dem Brillenbügel über das schüttere Haar. Wenn er mit Selma Teffler fertig war, würde er die Abrechnung für die Kassenärztliche Vereinigung durchsehen. Es gab wenig Lichtblicke im Beruf eines Arztes. In seiner Praxis in Egg nur einen pro Monat. Selma.

Er betastete die pfenniggroße Fläche. »Lipom«, sagte er. »Fettgeschwulst.« Er nahm ein Maßband vom Schreibtisch und vermerkte die Größe des Mals auf Selmas Patientenkarte.

»Sie sagten vorhin, es soll nicht größer werden. Wär's schlimm, wenn's größer würde?«

»Na ja.«

»Ich meine, ob man dran stirbt.«

»Kommt vor.«

Selma strahlte ihn an. Ihre Augen waren feine gelbbraune Schlitze, und die dunklen Lider erinnerten Dr. Plintinger an den Schnabel der chinesischen Nachtigall, die in der großen Volière umherflatterte, die der Mann seiner Patientin mit Draht aus den Bienenkörben des ehemaligen Gauleiters Kecht gebaut hatte. »Ich freu' mich drauf, wenn ich eines Tages sterbe. Ich stell' mir das vor wie Einschlafen.«

»Ist auch so ähnlich.« Er wußte, was sie als nächstes sagen würde. Er ging zu dem Medikamentenschrank, wo er die Muster aufbewahrte. Es gab keine andere Patientin wie Selma Teffler. Sie schien die einzige zu sein, die keine Angst vorm Sterben hatte.

Er stand da und wartete.

»Krieg' ich keine Salbe?« fragte sie.

Er schob das Glas zur Seite und nahm eine Tube Tiston C heraus. Er ging zu ihr.

»Würden Sie's mir drauftun?«

Dr. Plintinger hatte seine Brille wieder hochgeschoben. Er schraubte die Kappe von der Tube und perforierte das winzige Hymen aus Zink. Er drückte einen Klecks Salbe auf die Kuppe seines Zeigefingers und verrieb die Salbe auf Selmas Hintern.

»Und das hilft?« fragte sie.

»Wenn man dran glaubt.«

Sie hatte die Augen geschlossen und ließ sich von dem süßen Schauder durchrieseln, der sie bei jeder Berührung des großen Zaubermeisters überkam. Es war wie ein Feuerwerk, das im Zentrum ihres Schoßes gezündet wurde. Sie stand breitbeinig und ließ die Halbkugeln ihres Gesäßes kreisen.

Als die Erfüllung verebbt war, hob sie ihre Seidenstrümpfe auf. Sie zog sich den Slip hoch, den sie bei den Konsultationen in der Waldwiesenstraße 4 als Schleppfessel für die Knöchel zu benutzen pflegte. »Kriege ich die Tube mit?«

Dr. Plintinger hatte hinter seinem Schreibtisch Platz genommen. Er betrachtete den Laborbericht, der nach der letzten Untersuchung der Patientin erstellt worden war. Er unterstrich ein Wort, stand dann auf und gab ihr die Tube.

Sie bedankte sich mit einem Kuß auf die Wange. Das war – fand Dr. Plintinger – immer das Schönste bei der Visite dieser Patientin. Er sah, wie sie sich den zarten Schweißfilm von der Stirn wischte. Die Hand blieb sauber, Selma verwandte kein Make-up. Auch ohne die kleine Geste diagnostisch auszuwerten, wußte er, daß soeben die chinesischen, die spanischen und die indischen Einflüsse in Selma in der schönsten denkbaren Weise zur Erfüllung gekommen waren. Man sah das an den physiologischen Veränderungen der Brustspitzen.

Selma hatte sich angezogen. Sie stand an der Tür. »Wiedersehen.«

»Mabuhay«, sagte Dr. Plintinger. Das hieß Auf Wiedersehen in der Muttersprache seiner Patientin, er hatte das Wort von seiner Praxishilfe Eva, dem blonden, blassen und manchmal etwas traurigen Mädchen auf der Patientenkarte notieren lassen.

Und jetzt saß Selma neben ihrem Mann, einem Hundertkilobrocken aus dem Bayerischen Wald, im ›Trader Vic's‹, einem asiatischen Spezialitätenrestaurant in den Grundgewölben des Hotels ›Bayerischer Hof‹ in München. Am Nebentisch tafelte die schöne Griechin, die in Begleitung eines gepflegt wirkenden Mannes erschienen war. Brünetter Typ, Pfauenaugensakko Pure Wool, weiches dunkles Haar, das Geld in der zweiten Generation. Als ihre Stäbchen hinfielen, hatte Selma Teffler mit der Griechin Freundschaft geschlossen. Frauen brauchten nicht zu sprechen, um sich zu verständigen. Die Chemie entschied, der Geruch. Und der stimmte.

Selma hatte ihrem Mann aufgelegt. *Utan*, ein Salzgemüse, das in den Sümpfen von La Laguna angebaut und mit Philippine Airlines nach Deutschland geflogen wurde, wo sich die asiatische Anmut, verkörpert durch zehntausend wartungsfreundliche Chinesentöchter, darüber hermachte. Das beste bei dem monatlichen Festessen, das Selma sich vor dem Jawort von Leo Teffler ausbedungen hatte, war noch *Lechón*. Darunter verstanden die Filipinas ein in Fett schwimmendes und mit den Gewürzen der Visayas zugedecktes Spanferkel. Wenn man einigermaßen ausgehungert war – und Leo nahm die letzten drei Tage vor dem Liebesmahl nichts mehr zu sich –, konnte man das essen. Nicht so begeistert war er von *Bulad*, so hieß der Sud aus Stockfisch und Fischeiern, der nach dreistündigem Köcheln auf kleiner Flamme aufgetragen wurde und in der Geschmacksnote an die Muschi einer Yeti-Frau nach erfolgreicher Besteigung des Kantschentschönga erinnerte. Alles in allem war es ein rechter Schlangenfraß, aber Leo liebte seine Frau, und so aß er seinen Teller leer, noch bevor Selma mit der Fußspitze gegen sein Schienbein treten konnte, eine Geste, die in der Ehe des Schmieds mit der sanften Filipina Salz und Nachtisch ersetzte.

Maria hatte sich bei der Auswahl der Speisen von ihrem neuen Freund beraten lassen. Frank Bender, 28, Sohn des Boutiquenbesitzers Ralph C. Bender, Mehrheitseigner der Kette *Pretty Girl Fashions*, hatte Morcheln und Chateaubriand vorgeschlagen. Die Gänge waren aufgetragen worden, und zwischendurch hatte sich Maria mit der Filipina am Nebentisch über Essen, Geld und Sex unterhalten, dies alles eingerahmt von einem Erfahrungsaustausch über die merkwürdige Vorliebe deutscher Männer für Blumen, für Gebilde, die in der Heimat der beiden Frauen unter Gemüse mitliefen.

Maria und Frank waren beim Nachtisch angelangt. Rote Grütze. Die schöne Griechin nahm drei Portionen, und dann entfernte sie mit dem Zahnstocher die Fleischreste zwischen den Zähnen. Frank wunderte sich, aber dann fand er alles wieder reizend, die vorgehaltene Hand, den kindlichen Ernst in Marias Brauen und die wogende Fülle der Brüste in dem Ricci-Pulli, den er ihr geschenkt hatte.

Die erste Begegnung der beiden hatte eine Woche zuvor in der Nähe des McDonald's auf der Leopoldstraße stattgefunden. Das Kennenlernen war recht schnell gegangen. Maria hatte gar nichts tun müssen. Sie hatte nur dagestanden und in einem Buch geblättert, das auf einem Tisch vor den Schaufenstern der Buchhandlung lag. Er war hinter sie getreten und hatte ihr eine Weile zugeschaut. Als sie merkte, daß sie nicht mehr allein war, stand zugleich ihr Entschluß fest, mit diesem Mann ins Bett zu gehen. Wenn ich auf die Fuge zwischen den Pflastersteinen trete, muß ich sterben oder darf drei Tage keine Schokolade essen. Ein Gottesurteil. Vielleicht war es auch das Rascheln der Pappeln gewesen, das den Ausschlag gab, der Duft nach Rosen, Currywurst und Benzin, der von der Münchner Freiheit über die Pizzameile zwischen Post und Siegestor gedrückt wurde, oder der Föhn, der an diesem Nachmittag rauchgraue Leporellos an den Münchner Himmel getupft hatte. »Ich bin Frank«, hatte er gesagt. Und sie: »Ich bin Maria.« Wie im Traum waren sie an der Universität entlanggegangen, hatten die Gischt des Springbrunnens über sich wehen lassen, und Maria hatte es völlig in Ordnung gefunden, als Frank nach einem Glas Cidre im ›Cafe Extrablatt‹ eine Fahrt zum ›Aumeister‹ vorschlug, zu dem Biergarten am Nordrand des Englischen Gartens.

Es war recht leise im offenen Bentley, nicht mal das Ticken der Uhr am Armaturenbrett war zu hören, nur der Wind, wenn Frank zwischen den Ampeln auf achtzig beschleunigte.

Um halb sechs war noch nicht viel los im ›Aumeister‹, es gab noch keine Omnibustouristen, die vor dem Gartengrill nach Steckerlfisch anstanden. Frank führte Maria zu einem Tisch im Schatten einer Kastanie. Er breitete ein Taschentuch über die mit Taubenkot verschmierten Sprossen des Stuhls und ließ sie Platz nehmen. Er setzte sich auf den Stuhl gegenüber. Die Serviertochter brachte die beiden Maß, die er im Vorbeigehen an der Theke bestellt hatte, schäumendes Bier in Keferlohern. Sie tranken.

Es hatte zu regnen begonnen, und die Luft war schwül, als er sich neben sie setzte. Er legte ihr den Arm um die Schultern. Ein Gefühl wie Traubenzucker durchströmte sie. »Was hat dir eigentlich an mir gefallen?« fragte sie.

Er musterte sie. »Weiß nicht.« Er strich ihr über die Wangen. »Vielleicht die Nase.«

Sie schürzte die Lippen. »Nicht der Mund?« Sie kuschelte sich in seine Armbeuge.

Er hielt sie an sich gedrückt. »Ich bin inzwischen ziemlich sicher, daß es die Augen waren.« Seine Hand tastete nach ihren Brüsten, und Maria fiel Woody Allen ein, wie er vor einer knackigen New Yorkerin stand, die mit dem Block in der Hand vor der Wohnungstür stand und ihn zu seiner Meinung über die kubanische Revolution befragte, und Woody Allen hielt die Brüste der New Yorkerin umfaßt, mit beiden Händen, eine deftige, herzhafte Geste der Zuneigung, die Gloria Steinem, wenn sie die Standfotos sah, sämtliche Zwölffingerdarmgeschwüre umdrehen würde, und das Mädchen sah Woody an wie ein Angorakaninchen in Dunkelhaft, und Woody betatschte die Brüste, kelterte die Trauben, und natürlich gab er nicht zu, daß es der Busen war, was ihn so geil auf New Yorkerinnen machte, er drückte das Mädchen an den Türrahmen, zog ihr das Höschen über die bebenden Schenkel und sagte: »Was für schöne *Augen* du hast!«

Eine durch nichts zu erschütternde Sicherheit ging von Frank aus. In den Mundwinkeln spiegelte sich die Fähigkeit zum Genießen, auf der gebräunten Stirn die Sorglosigkeit eines Menschen, dessen härteste Arbeit im Einlösen der Schecks bestand, die sein Vater für ihn ausstellte. Die Leichtigkeit der Gebärde, gute Laune und Selbstsicherheit, das war es, was Maria bei ihrem bisherigen Freund Hans vermißt hatte, und auch die Fähigkeit, mit einer Frau zu schlafen und zu tun, wofür Frau und Mann geschaffen waren.

An Frank mochte sie die Art, wie er sich kleidete, seinen Duft nach Nerval Pure Love, das Goldkettchen mit dem geprägten Plättchen ›Frank‹, von dem er ihr drei Tage nach der ersten Begegnung ein Doppel geschenkt hatte, und natürlich war es der Gipfel süßen Wahnsinns, wenn eine Achtzehnjährige mit einem Sparguthaben von 210 DM in den Kleiderstapeln einer Boutiquenkette wühlen konnte – »was hältst du von diesem Schlafanzug, Frank«, und der Schlafanzug war ein Fummel für achttausend Mark, den die Frau von Welt einmal trug und dann an ihre portugiesische Büglerin verfütterte, und das Gute war, daß Frank sein Geld nicht raushängen ließ, er benutzte es ganz einfach, um sich und ihr die Dinge zu verschaffen, die das Leben in Deutschlands heimlicher Hauptstadt angenehm machten, und obwohl Frank Bender inmitten von 70000 Studenten lebte, war er so ganz anders als die verkopften Konfirmandenjünglinge, die mit Pickelstirn und 500 DM Bafög nach München anrückten, um sich in sieben Jahren Frustration die höheren Weihen zum Zahnklempner oder zum Anglistikdozenten zu holen. Wahrscheinlich hatte Lilibeth wirklich recht, wenn sie sagte, zuwenig Geld verdirbt den Charakter, und die Grünen hatten recht, wenn sie sagten, es ist nicht gut, wenn der Mensch den ganzen Tag nur drüber nachdenken muß, wovon er heute abend seine Kartoffelstampfe bezahlen soll. Nichts gegen Kartoffeln, aber wenn Frank Bender in seinem Penthouse in der Kaiserstraße 19 Kartoffeln servieren ließ, dann kamen sie vom Käfer Party Service, und der wiederum hatte das Zeug aus Neufundland oder von der Krim einfliegen lassen, damit es ja keine Verwechslungen gab mit den proletarischen Knollengemüsen aus Schleswig-Holstein. Alles in allem war es – dafür war Maria Marianopolos bereit, den Finger ins Feuer und noch ganz woandershin zu legen – nicht das Geld, das sie an Frank faszinierte, sondern die Seelenruhe, die von einem Menschen ausgeht, dessen materielle Bedürfnisse gedeckt sind, so daß er sich auf die Freuden des Daseins, auf das hübsche Muster in den Rispen der Kastanienblätter, den Schafskäse in einem griechischen Restaurant, den Lederduft eines Autos, das pro Kilometer zehn Mark verbrauchte, und auf versexte Griechenmädchen konzentrieren konnte, auf Geschöpfe wie Maria, die mit dem Schoß dachten und beim ersten Streicheln über das Schambein wie ein Teekessel zu summen begannen. Und so dauerte es keine drei Tage, da hatte Maria ihrem neuen Freund einen Kuß gegeben, am fünften Tag waren die Brüste drangekommen, und die schöne Griechin hatte – zwecks Paritätsgründen, wie es in den Heiratsanzeigen hieß – mit der Wasserbombe ihres Zeigefingers auf Franks Magengrube imaginäre U-Boote attackiert, ein Spiel, das dem jungen Mann ein Paar Dior-Schuhe und noch viel handgreiflichere Beweise seiner Liebe rausgekitzelt hatte. Am siebten Tag, als alles seinen Namen hatte, waren sie in das Restaurant im ›Bayerischen Hof‹ gegangen, und am gleichen Abend noch auf den Ball im ›Deutschen Theater‹ an der Schwanthalerstraße. Maria sah zum erstenmal in ihrem Leben versammelt, was sich Jet-Set nannte, den Reigen der Beautiful People von München, Geschäftsleute, Bankiers, Filmemacher, die juwelenbehangenen Begleiterinnen, die Töchter und Söhne der Reichen. Maria trug eine blütenweiße Zigeunerbluse, die ihre Schultern freigab, und einen bauschigen Rock von Coco Chanel, der den Männern, auch den älteren Stadträten, die eigentlich nur gekommen waren, um sich mit Papsi Wörglgruber über das neue Abschreibungsprojekt im Naturschutzgebiet an den Flaucherwiesen abzustimmen, den Glanz in die Augen brachte.

Die Tage und Nächte, die Marias Einstand im ›Deutschen Theater‹ folgten, waren wie ein Rausch. Sobald Frank an die verspiegelten Fensterchen der Diskos trat, taten sich die Türen auf, und in seinem Kielwasser folgte eine junge Griechin, die das Leben mit vollen Zügen genoß, ein Geschöpf mit sprühenden Augen und heißem Höschen, mit einem Herzen aus Gold, und aus Gold waren ja auch die Muscheln, die Frank ihr schenkte, ein Ohrgehänge, das nur geringfügig mehr gekostet hatte als die Rückkehrhilfe, die Bonn jedem

Türken anbot, wenn er seinen Platz auf dem Trittbrett des Müllwagens für einen Deutschen freimachte, für eine der lebenden Leichen, die in stiller Würde, versehen mit den Segnungen ihrer Gewerkschaft, daheim am Küchentisch saßen und eine Zweiliterflasche Lambrusco nach der anderen leerten, aber es war natürlich schwer, die Deutschen von ihrem Lambrusco wegzubringen, und die Rückführung der Orientalen ins Gelobte Land war ein Problem, das Frank Bender nicht tangierte, nachdem sich die Zahl der Gastarbeiter, die in die Boutiquen seines Pappis fanden, um ihre Frau fünfstellig in Samt und Seide zu hüllen, in Grenzen hielt, auch Maria dachte nicht mehr ans Woher und Wohin, sondern nur noch ans *ssimera*, ans Heute.

Sie kannten sich drei Wochen, als sie ihm über die Schwelle des ›Hotel Post‹ in Kitzbühel folgte, das Himmelbett war bereits aufgedeckt. Maria freute sich über das Muster der hellblauen Daunendecke, und als sie nackt in die Kissen schlüpfte, freute sie sich über die bemalten Balken an der Zimmerdecke, über das Frühstück, das ihr zwischen dem zweiten und dem dritten Orgasmus serviert wurde, und als sie die Laugenbrötchen aufgemampft hatte, die Frank ihr mit Orangenmarmelade, mit der bitteren aus Hebe-dich-hinweg-Satan-Südafrika, bestrich, war sie es, die das Spiel von neuem begann, Frank war in ihr, diesmal verzichtete er Gott sei dank darauf, in der Phase des Vorspiels rituelle Regentänze zu Ehren ihrer Stöckelschuhe aufzuführen, es gab nur noch ›Ich liebe dich‹ und den Druck seiner starken Hände auf ihren Lenden, und Maria fragte sich, was eigentlich so traurig war am Leben, daß manche Leute Schlaftabletten nahmen oder ›Sowjetunion heute‹ abonnierten. In dem Himmelbett, das Frank für sie bereitet hatte, war nichts traurig, und von der Sowjetunion war bei dem Kitzbüheler Ausflug auch nur sehr am Rande die Rede.

Sie blieben zwei Tage und zwei Nächte im Bett, und als die Wagner Anna, die für die Suite im zweiten Stock als Frühstückskellnerin eingeteilt war, das Ohr an die Tür aus Zirbelholz legte, vernahm sie ein gar nicht alpenländisches ›Besorg's mir schön, Frank‹ und kurz darauf ein ›Bitte noch mal, während ich knie‹. Erst nach dem zweiten Frühstück, das Anna in den Vorraum stellte, wurde es drinnen etwas ruhiger, und als die Bedienstete gegen Mittag einen dritten Abhörversuch startete, war nur noch das Zwölfuhrläuten von der Kirche gegenüber zu hören und Marias geflüstertes ›ja, ja, ja, ja, bitte nimm mich, bitte mach mich glücklich, bitte tu mit mir, was du willst‹.

9

Die Einladung in das Haus seines Vaters kam in der achten Woche. Der alte Herr Bender hatte sich in seinem Waldstück am Stadtrand eine ehemalige Mühle zum Wohnen herrichten lassen. Natürlich gab es noch den Mühlbach, Bender hatte ihn nur etwas umgeleitet, er floß jetzt durch das Wohnzimmer. Es gab einen Ziehbrunnen, zwei weißgestärkte Dienstmädchen, zwanzigtausend Quadratmeter Park, eine Natursteinfassade hoch wie das Luftbrückendenkmal in Berlin-Tempelhof. Es gab zweitausend Krokusse, die von einem Gärtner, der die Benderschen Bedürfnisse aus den vorherigen Jahren kannte, entgegen dem Schöpfungsplan mitten im Sommer zum Blühen gebracht wurden.

Vor allem gab es Bender selbst. Er war ein mittelgroßer Mann, Pfeifenraucher, mit glatten Zügen und etwas zu ordentlich gekämmtem Haar. Die Augen waren dunkelgrau, und die Halbmonde auf den wohlgeformten Fingernägeln leuchteten wie das Bauchfell eines Bernhardiners, der maßstäblich in die Bendersche Wohnlandschaft gepaßt hätte. Doch davon hatte der Hausherr abgesehen. Bernhardiner haarten.

Sie hatten das Auto in der Parkbucht am Eingang zum Grundstück stehen lassen. Frank hatte Marias Arm ergriffen, er führte sie auf dem rheinischen Sandstein entlang, den sein Vater auf der Einfahrt hatte verlegen lassen. Vor dem Haus angekommen, umrundeten sie den mannshohen Findling, an dieser Stelle hatte vor langen Jahren der Sandkasten für die Kinder gestanden.

Sie betraten die Wohnhalle. Die Stimmen der Gäste waren zu hören, und dann sah Maria die zwanzig oder dreißig Gestalten, die um den überdachten Swimmingpool standen und an ihrem Glas nippten. Franks Vater kam ihr entgegen. Sie spürte, wie sein Blick über ihre Schenkel glitt und auf den Füßen haften blieb. Sie war barfuß gekommen. Es war wichtig, daß Franks Vater verstand, wie arm sie war.

»Ein Sterntalermädchen«, sagte Ralph C. Bender und gab ihr die Hand. Er nickte seinem Sohn zu. »Gut ausgesucht.« Er gab ihr ein Glas und führte sie zu den anderen Gästen. Frank folgte. Sie vermochte nicht zu erkennen, was ihr Freund dachte, und bevor sie ihn fragen konnte, hatte sie einer der Eingeladenen, der Konsul für Obervolta, in ein Gespräch gezogen.

Es entsprach Benders Grundsätzen, Arbeit und Vergnügen zu verbinden, und so hatte er zum Sommerfest neben den Freunden auch eine Reihe von Geschäftspartnern, Textilindustrielle und Modemacher, eingeladen. Wie Maria bei einem Rundgang feststellte, waren die verschiedensten Nationen versammelt. Sie hielt nach Frank Ausschau und fand ihn vor dem Eingang zur Bibliothek, wo er sich mit einer brünetten Schönheit, einer Deutschen, unterhielt. Sie ging zur Empore und ließ ihren Blick über das Gewimmel der Gäste streichen. Junge Männer aus aller Herren Länder. Wie leicht es doch die reichen Mädchen hatten. Sie wurden regelmäßig zu solchen Partys eingeladen und konnten sich in aller Ruhe den Mann aussuchen, den sie wollten. Jedes Los war ein Treffer, zumindest was das Materielle betraf.

Sie betrachtete die Gesichter der Männer. Sie war die Freitreppe hinuntergegangen, die aus dem Schlaftrakt im Zwischengeschoß zur Wohnebene hinunterführte. *And then I told her, fuck off, Helen or ... Eh bien, y-a-pas comme les filles des Fidji, mon vieux ... Estámos en un periodo decisivo, pero sin dinero no hay trato.* Maria verstand die Worte nicht, die da gesagt wurden, aber sie wußte, daß es sich um Englisch, um Französisch und Spanisch handelte. Die Welt und ihre Männer. In der Schule hatten die Mädchen darüber gesprochen, wer der beste Liebhaber sei, Franzosen, Russen oder Sudanneger. Auf dem Schulhof hatte Maria sich über das Thema mokiert, aber wenn sie abends in ihrem Bett lag, das Heft mit den Englischvokabeln unter dem Kopfkissen, hatte sie über den Mann nachgedacht, den sie einst heiraten würde. Sie hatte wenig

Informationen über die Männer, die es auf der Welt gab. Nur was man so im Fernsehen, aus den Zeitungen erfuhr. Erst später, in ihrer Stellung auf der Leopoldstraße, wo sie mit Menschen aller Schichten zusammenkam, hatte sie festgestellt, daß die Ansichten in der Bevölkerung dem entsprachen, was sie sich als kleines Mädchen an Vorurteilen über die Männer zurechtgelegt hatte.

Die Männer der Welt. Für die Volksschülerin Maria Marianopolos mit dem hellblauen Baumwollkleidchen und den weißen Kniestrümpfen standen die jungen Männer von England und Frankreich, von Amerika und Neuseeland in übersichtlichen Gruppen an irgendeinem Kai, um die Fahrt nach Deutschland anzutreten, wo Maria, das hübscheste aller heiratslustigen Mädchen, die Auswahl treffen würde.

Sie konnte natürlich auch zu einer längeren Kreuzfahrt aufbrechen und das Angebot an Ort und Stelle prüfen. Der Grieche fand sein Geld irgendwo auf der Welt, es gab keine Grenzen, die einen Griechen aufhalten konnten, es sei denn die eigene Vorsicht oder ein anderer Grieche. Und ebenso fanden die Griechinnen ihre Männer, wo sie wollten. Es gab im brasilianischen Sao Paulo mehr Athenerinnen als in Athen und in New York mehr Griechinnen als auf Kreta. Und so war Maria nach der ersten Kommunion mit dem Finger über den väterlichen Globus gewandert, um die Welt auf geeignete Ehemänner für die Tochter eines griechischen Werkmeisters abzuklopfen.

Das nächste, von München aus betrachtet, war Österreich. Aber Österreicher sprachen durch die Nase, und jeder Österreicher, den Maria kannte, träumte von irgendwelchen Projekten, von der Bewässerung der Wüste Gobi mittels Laserstrahlen oder der Einrichtung eines Automuseums auf den Galapagosinseln. Die Art von Mann, wo die Frau nachher putzen gehen mußte.

Ebenso schnell war Maria mit den Schweizern fertig. Die in der Ostschweiz litten an einer Halskrankheit, die Rätoromanen an Inzucht, die Tessiner an dem Währungsgefälle, das in den Abgrund Italien hinabführte, und die Männer in Genf waren auf Jahrhunderte geschwächt von erlebnishungrigen deutschen Au-pair-Girls, die dort ihr Unwesen trieben.

Nach Österreich kam die Tschechoslowakei. Kreuzberg und Hasenbergl, auf fünf Breitengrade ausgewalzt, noch ärmer als die DDR. Ob ein Tschechoslowake die sechs Kinder einer Griechin ernähren, ob er die Kinder überhaupt zeugen konnte? Bei dem Mangel an Eiweiß, der mit dem Aufbau des Sozialismus einherging, durfte man seine Zweifel haben.

Polen schied aus. Wie konnte ein Pole an die Liebesnacht mit einer Frau denken, wenn er von den vaterländischen Kräften aus Usbekistan umfaßt und stranguliert wurde?

Die Russen sah Maria kritischer als die meisten ihrer Landsleute. Amerikaner ohne Dollars. Und was blieb, wenn man einem Amerikaner die Dollars abnahm?

Beim weiteren Drehen am Globus hatte Maria, unschuldige acht Jahre alt, Schweden entdeckt. Aber der Besitzer von Ikea-Möbeln war verheiratet, der andere Schwede, der gut aussah, saß in Haft, weil er für die Sowjets spioniert hatte.

Finnland war das Land der Messerstecher. Nach Eifersuchtsszenen, gerechtfertigt oder nicht, blieben bei der Frau größere Narben zurück. Andererseits hatte es auch keinen Sinn, sich mit einem Finnen ins Bett zu legen, der *kein* Messer bei sich hatte. Bei dem ging dann, weil er sich ohne Waffe kastriert vorkam, garantiert gar nichts mehr.

Soweit Norweger in München aufgetaucht waren, hatten sie sich als mürrische Studenten der Agronomie entpuppt, bärtig und übelnehmerisch. Der Rest Europas war schuld, daß die Norweger kein höheres Prokopfeinkommen als die Kuweitis hatten. Maria folgerte, daß sich das Eheleben mit einem Norweger im wesentlichen um die Frage drehen würde, welcher der beiden Ehepartner den nächsten Termin beim Psychotherapeuten bekam.

Als sie das erste Foto von Prinz Philipp sah, hatte sich die Griechin für England erwärmt, aber während der Freundschaft mit einem englischen Lehrer war die Begeisterung alsbald wieder verschwunden. Die Lederecken an der karierten Jacke waren ja noch ganz hübsch gewesen. Aber die Fotos von griechischen Jünglingen, die dieser Mann in seinen Sommerferien aufzunehmen pflegte, signalisierten Maria, daß sie bei einem solchen Partner nur nach einer umfassenden Geschlechtsumwandlung eine Chance hatte.

Wie im Falle England, so hatte Maria auch bei der Beurteilung der Spanier von einem auf alle geschlossen. José Carrera, der im ›Puta Cachonda‹ auf der Leopoldstraße die erste Gitarre spielte, trug hohe Absätze und seidenweiche Wimpern. Als die Griechin ihn beim gemeinsamen Heimweg von der Tanzstunde mit dem Busen streifte, war er in Tränen ausgebrochen, weil er das natürlich seiner Mutter beichten mußte. *Mi madre!*

Algerien, Marokko, Ägypten, Libanon. An der Sprache der Araber fand Maria nichts auszusetzen. Im Kurzwellensender hörte sich das an, als hätte das Paradies, in der islamischen Version mit klaren Quellen und undurchsichtigen Bauchtänzerinnen, seine Pforten aufgetan. In der persönlichen Begegnung fielen die Araber dann wieder ab. Der Blick war meist nach schräg oben gerichtet, auf irgendeine Lufthansa-Maschine, die es zu entführen galt. Über kurz oder lang kamen Araber auf den amtierenden amerikanischen Präsidenten zu sprechen, der sich am Blut der Freiheitskämpfer noch den Magen verderben würde.

Freilich konnte man als Griechin nach Australien gehen. Die Anreize indes waren nicht so, daß man mit kribbelnder Muschi zum Charter nach Alice Springs eincheckte. Eine Cousine mütterlicherseits hatte Maria über die australischen Männer aufgeklärt. Ein Australier verfügte über einen Wortschatz von achtzig Worten, und auch diese waren für Nichtaustralier unverständlich. Wenn der Australier seine achtzig Worte gesagt hatte, setzte er sich an die Bar und trank Bier, danach wurde er besinnungslos mit dem Blaulichtwagen fortgeschafft.

Ob es Sinn hatte, mit einem Asiaten anzubandeln? Maria hatte die größten Zweifel. Asiaten hatten keinen Bartwuchs. Da konnte man sich auch gleich mit der Biologielehrerin – die Griechin hatte bei einem Schulausflug eine entsprechende Einladung erhalten – ins Bett gehen.

Die Südamerikaner also. Gut sahen sie ja aus. Es gab sogar

große, blonde, mit Schultern wie Holzfäller, und dann hatten diese Männer auch noch das verfeinerte Gebaren ihrer europäischen Vorfahren. Leider waren sie meistens verheiratet, nach einem Schußwechsel verletzt, ihrer Mutter in Belo Horizonte hörig, auf der Suche nach einer reichen Frau, die mit ihrem Geld den Erwerb von halb Paraguay finanzieren sollte, in Haft, in Rauschgiftdelikte und revolutionäre Händel verwikkelt, oder sie hatten, was in Marias Sicht das schlimmste war, aus irgendeinem Grund, den sie selbst nicht näher kannten, kein Interesse an Frauen.

Es blieben eigentlich nur die Franzosen übrig, wenn man einen Mann haben wollte, der über etwas Sonnenbräune, Erziehung, Geld und hunderttausend Volt in den Eiern verfügte. Aber die Franzosen in München waren rar. Nach Marias Informationen gab es eigentlich nur den Konsul, der aber nicht alle vier Eigenschaften zusammenbrachte, und seinen Fahrer, den die Griechin, inzwischen neun, vergeblich beim Verlassen des Konsulatsgebäudes an der Möhlstraße 10 auf sich aufmerksam zu machen versuchte.

Ralph C. Bender lehnte an der Felswand, die den Raum zum Hang hin abschloß. Er dachte über das Mädchen nach, das sein Sohn mitgebracht hatte. Die Freundschaft der beiden war einige Wochen alt, und was er, der Vater, bisher über diese Maria Marianopolos erfahren hatte, war widersprüchlich gewesen. Die Kleine schien ein As im Bett zu sein. Nun, damit paßte sie ganz prächtig in die Kette von Bettbekanntschaften, die sein Sohn in den letzten zehn Jahren aneinandergereiht hatte. Allerdings waren die bisherigen Partnerinnen entweder Töchter von Geschäftsfreunden oder Modemädchen im Stundenlohn gewesen. Die Griechin, das lag auf der Hand, war weder das eine noch das andere. Ob Frank in der Lage sein würde, das Verhältnis aufs Bett zu beschränken?

Sie war aufgestanden, und er sah, wie sie ihre Armbanduhr ans Ohr hielt. Eine Geste, die Ralph C. Bender an das Erlebnis mit einer Tänzerin in Tahiti erinnerte. Es war im Urlaub gewesen, vor fünf Jahren, als seine Frau noch lebte. Er war allein in die Südsee geflogen, weil Fiona, seiner italienischen

Frau, das feucht-heiße Klima dort nicht behagte. Nach einer Woche hatte er Nua-Nua kennengelernt, irgendwo zwischen zwölf und dreißig Jahre alt, das war schwer zu sagen. Es war nach dem Abendessen gewesen, und Bender war allein den Strand entlanggegangen. Das Mädchen hatte plötzlich vor einer Schilfhütte gestanden, im Schatten der Palmen. Sie hatte eine Muschel ans Ohr gehalten, wie es jetzt Maria mit ihrer Uhr tat. Von dem, was sie sagte, hatte er nichts verstehen können. Er hatte sich in sie verliebt, und sie in ihn, ohne daß sie in der Lage gewesen wären, auch nur einen Satz miteinander zu wechseln. Er hatte mit ihr geschlafen, und das war so unglaublich schön, von so unbedingter Erfüllung gewesen, daß Ralph es mit der Angst zu tun bekam. Er hatte dem Mädchen übersetzen lassen, daß er einen Tagesausflug auf die Westseite der Insel machen würde. Statt dessen hatte er sich zum Flugplatz bringen lassen, wo er die Maschine nach Paris bestieg. Er hatte die Flucht ergriffen, weil er sie liebte.

Das Mädchen, das jetzt mit langsamen Schritten die Treppe herunterkam, schien aus dem gleichen Holz geschnitzt zu sein wie Nua-Nua. Die Augen eines Wesens, das sich nicht mit Lügen oder Geld abspeisen ließ. Der Blick nachdenklich und ernst, auch mutig und unternehmungslustig. Lippen wie bittere Kirschen. Die Nasenflügel waren wie aus braungeädertem Achat gemeißelt, das Kinn, Spitze des anmutigen Dreiecks, das aus Mund und Schultern gebildet wurde, verriet sanfte Bestimmtheit.

Sie hatte den Kopf gehoben, er folgte ihrem Blick. Sein Sohn. Sie lächelte, und auf ihren Wangen ging die Sonne auf. Das hüftlange Haar wurde im Nacken von einer Spange aus Elfenbein zusammengehalten. Sie ging Frank entgegen, der junge Mann zog das Mädchen an sich, und dann verschwand seine Hand im Nackenausschnitt des Kleides.

Maria trug ein fließendes, leuchtendrotes Gewand, das die Schultern freiließ und bis über die Knie reichte. Über die braunglänzende Halspartie verliefen zwei dünne Träger. Die Sehnen, die sichtbar wurden, als sie den Kopf hob und Frank küßte, erinnerten Bender an die schlanke Takelage eines Segelschiffes, das mit geblähten Segeln auf ein nachtschwarzes

Meer auslief. Die beiden Linien flossen zu den Brüsten, deren Ansätze als weiße Halbkugeln über die Borte des Kleids hinausragten. Als sein Sohn das Mädchen an sich drückte, verließ Bender seinen Platz an der hinteren Wand. Die beiden waren auf der Tanzfläche zwischen Pool und Bibliothek angekommen. Er vertrat ihnen den Weg.

Er hob das Glas. Das Gespräch der Gäste erstarb. »Ich begrüße in unserem Kreis Miß Piräus!« Die Blicke der Gäste hefteten sich auf Maria. Frank, der sie im Arm hielt, hatte sie freigegeben. Sie war allein. »Wir haben Miß Piräus zu danken«, fuhr Ralph C. Bender fort. »Sie hat ihre Arbeit im Hafen aufgegeben, um unser bescheidenes Fest zu verschönern.«

»Vater!« Frank Bender war vor den Fünfzigjährigen getreten und versuchte, ihn zur Seite zu ziehen. Aber der Vater stieß ihn zurück. Die Gäste standen da wie gebannt.

»Natürlich wird Miß Piräus uns nicht nur mit dem Anblick ihrer Gestalt erfreuen. Sie hat mir versprochen, den Gästen in jeder Weise zur Verfügung zu stehen.« Er deutete die Treppe hinauf. »Ich habe eine Liste ausgelegt. Wenn die Herren sich bitte der Reihe nach einschreiben wollen.«

Maria starrte den Mann an. Er schien betrunken. Oder beschwor er mit kühler Berechnung eine Szene herauf, um seinem Sohn zu zeigen, welche Art von Frauen in diesem Haus willkommen war und welche nicht?

Sie war barfuß. Sie trug ein leuchtendrotes Kleid, das ihre Reize zur Schau stellte. Sie war schwarzhaarig. Und deshalb war sie für seinen Vater die Hafendirne, vor der es den Sohn zu bewahren galt.

Ralph C. Bender ließ seinen Blick über die Gäste schweifen. Eisiges Schweigen erfüllte den Raum. Nur das Gluckern des Swimmingpools war zu hören.

Schwankend trat er auf Maria zu. Er ergriff sie an der Hüfte und bekam ihr Kleid zu fassen. Sein linker Arm hob sich, beschrieb eine weitausladende Geste. Er wandte sich zu den Gästen.

»Sie glauben vielleicht, daß die Frucht vergiftet ist. Aber Sie brauchen keine Angst zu haben.« Er riß Maria an sich. »Sehen Sie, ich werde den Anfang machen.«

Sie riß sich los. Sie stand da und maß ihn mit kalter Verachtung. »Wenn ich wirklich eine Dirne wäre, würde ich sicher nicht mit *Ihnen* schlafen.« Sie holte aus und landete einen Schlag mit der flachen Hand in seinem Gesicht.

Ralph C. Bender war ins Schwanken geraten. Er nahm sein Glas und zerschmetterte es am Boden.

Maria ging auf Frank zu, der bleich und ruhig am Rande des Swimmingpools stand. Er wich zur Seite. Warum tut er nichts, dachte sie. Warum sagt er den Gästen nicht, daß sein Vater betrunken ist? Warum sagt er ihnen nicht, wer ich wirklich bin?

Sie trat vor ihn. Er senkte den Blick. Und mit einem Mal wußte Maria, daß der gutaussehende Mann mit dem selbstsicheren Auftreten kein Mann war, sondern ein Schlappschwanz, der Schatten seines Vaters. Frank würde immer nur tun, was sein Vater absegnete, und eines Tages würde er die Frau heiraten, die sein Vater ihm zuteilte, die Tochter irgendeines Geschäftsfreundes, irgendeinen Pflegefall, vorne nichts und hinten nichts und in der Mitte Bohnenstange, eine knochige Frankenstein-Nachbildung mit Echthaarperücke und Schwitzehändchen.

Sie raffte ihr Kleid. Mit hocherhobenem Kopf strebte sie der Küche zu. Hinter ihr schloß sich die Schar der Gäste wie das Meer hinter dem Schiff.

Sie stand am Telefon, den Hörer in der Hand, als Frank sie einholte. »Es tut mir leid, Maria. Ich glaube...«

»Es ist mir egal, was du glaubst.«

Er versuchte, ihr den Hörer aus der Hand zu nehmen. »Komm, laß uns drüber reden.«

Sie hob den Blick. »Kein Interesse. Du hattest Gelegenheit, den Mund aufzumachen, aber du hast geschwiegen. Du hast mich im Regen stehen lassen.«

Die Taxizentrale meldete sich. Maria gab die Adresse des Hauses durch. Dann legte sie auf.

»Das ist doch Unsinn«, sagte Frank. »Bleib hier!«

»Hier zu verschwinden, ist das erste Vernünftige, was ich heute tue«, sagte Maria. »Ich fahre mit dem Taxi nach Hause.«

»Ich werde mit Vater reden, damit...«

»Damit ich das Haus künftig durch den Dienstboteneingang betreten darf.« Sie stand so nahe vor ihm, daß ihr Atem seine Wangen streifte. Ihre Augen funkelten. »Scheißkerl!«

Frank stand oben auf der Treppe, als das Taxi vorfuhr. Maria spuckte aus, als sie an ihm vorbeiging. Sie stieg ein und nannte ihr Fahrtziel, die Wohnung in der Verdistraße. Erst als Frank außer Sicht war, erlaubte sie sich zu weinen.

10

Seit dem Bruch mit Frank waren zwei Monate ins Land gegangen. Er hatte einen Versuch zur Versöhnung unternommen. Sie hatte abgelehnt. Er hatte sie vom McDonald's abholen wollen, mit einem Arm voller Blumen. Maria hatte ihm die Blumen vor die Füße geworfen. Sie war fertig mit den Söhnen der Münchner Schickeria. Sie war fertig mit jungen Männern. Sie war fertig mit Frank.

Es war an einem Freitagnachmittag um halb sechs, als sie die Schleißheimer Straße überquerte und vor dem Wühlstand eines Kaufhauses stehen blieb. Pullover. Sie tastete nach ihrer Geldbörse, und dann fiel ihr ein, daß sie nur ein paar Groschen bei sich hatte.

Auf dem Kopfsteinpflaster und zwischen den Straßenbahnschienen war Wasser ausgesprengt worden. Schwaden von Dunst und Staub stiegen hoch. Der Duft der Wolle vom Wühlstand war bitter, und Maria begann zu würgen.

Als die Übelkeit vorüber war, betrat sie das Kaufhaus. Die Schallplattenabteilung, wo sie schon öfter eingekauft hatte, lag im Erdgeschoß. Es gab eine ›Amerikanische Woche‹, mit Sonderangeboten amerikanischer LP's, und es gab Tageszeiten – sie waren auf einem Plakat verzeichnet –, wo eine amerikanische Interpretin ihre Plattenhüllen signierte.

Sie schlenderte an der Plattenausstellung vorbei und erreichte die Rolltreppe. Sie entschloß sich fürs Untergeschoß. Delikatessen. Unten angekommen, sah sie das Schild ›Russische Woche‹. Spezialitäten aus Rußland wurden an besonderen Ständen angeboten. Es gab nicht nur frischgebackene Blinis, Pfannkuchen aus Buchweizenmehl, es gab auch Kwaß, ein alkoholisches Getränk, das aus Brot, Mehl und Malz zubereitet wurde. Und natürlich konnte der Münchner, den es nach Leckerbissen aus den Weiten Rußlands gelüstete, während der Russischen Woche auch das übrige Spektrum der Spezialitäten kaufen. Es gab Piroggen, Pasteten aus Fleisch, Fisch, Eiern und Kraut. Es gab Krimsekt und Kaviar.

Während Maria zum zweiten Stock – Damenoberbekleidung und Sportartikel – hochfuhr, dachte sie über den Gegensatz zwischen Rußland und Amerika nach. Beides, die Russen und die Amerikaner, waren in Deutschland Reizworte, die beim Gesprächspartner ganz bestimmte Saiten anrührten. Maria, die Deutsch sprach wie eine Einheimische, war immer wieder erstaunt, mit welch bizarren Argumenten die einen für die Russen und die anderen für die Amerikaner plädierten. Deutschland war die Sollbruchstelle zwischen West und Ost, und es gab hierzulande kaum jemanden, den der Konflikt zwischen den beiden Supermächten kaltließ.

Dabei waren sich – nach Marias Beobachtungen – Amerikaner und Russen ziemlich ähnlich. Wenn man in München Amerikaner oder Russen sah, dann stolperten sie wie Zombies durch die Gegend, in schlechtgeschnittenen Anzügen. Die Männer tranken, bis sie umfielen, die Frauen schleppten ihr Übergewicht durch die Andenkenläden. Ein Amerikaner oder ein Russe, mit dem man sprach, ging sofort auf Abstand. Er war auf der Hut. Was nicht Heimat war, war Feindesland, und die Menschen im Feindesland waren gefährliche Eingeborene, die jeden Augenblick eine Panzerfaust oder einen anderen bösen Zauber aus der Hosentasche holen konnten.

Maria versuchte sich in die Lage der Deutschen zu versetzen, die das Sandwich zwischen den beiden Supermächten waren. Eigentlich waren die einen so unangenehm wie die anderen. Die Amerikaner hatten ihren Computertick und die Vorstellung, alles messen zu können. Erotisches fand bei ihnen unter dem Tisch, unter der Bettdecke, immer im Geheimen statt. Sex war tabu, und deshalb so erregend. Bindungen waren verdächtig, das war was für Dumme. Weil die Frau nicht anders ins Bett zu bekommen war, heiratete man, aber eigentlich nur, um sich bei der nächsten Gelegenheit wieder scheiden zu lassen. Ähnlich wackelig wie die Bindung zwischen Frau und Mann war die Bindung zwischen Amerika und seinen Verbündeten. Fünfzig Meilen landeinwärts wußte auf dem amerikanischen Kontinent niemand mehr so recht, wo Europa überhaupt lag, und um dem Mangel abzuhelfen, verkaufte man Kriegsspiele, wo die Spieler, wenn sie eine Sechs warfen, Heilbronn ausradieren durften oder Hamburg. Wer drei Sechsen hatte, durfte die Wasserstoffbombe über dem alten Kontinent abwerfen, und das war – so wurde in der Spielanleitung ausgeführt – eigentlich das Beste, was man den Völkern dort antun konnte. Kein Wunder, daß sich angesichts solcher Mißverständnisse in Deutschland eine Opposition formierte, die aus dem westlichen Bündnis ausbrechen wollte. Man wußte bei den amerikanischen Freunden nie, ob sie beim Kampf gegen die Russen nicht noch ein paar H-Bomben auf die Deutschen in West und Ost, auf die problematischen Sauerkrautfresser, hinterherwerfen würden.

Auch die Russen wußten nichts über die Deutschen, außer, daß die mal vor Stalingrad gestanden hatten. Seitdem war ganz Rußland mit der Vorstellung behaftet, daß Waffen das Wichtigste auf der Welt waren. Wenn ein Russe wenig zu essen hatte, brauchte er nur mehr Waffen zu produzieren, und der Hunger war gestillt. Wer kein Auto hatte, keine Hose, keinen Büchsenöffner und keine Farbe, um das Haus anzustreichen, ging zur Revolutionsfeier an die Kremlmauer und sah sich die neuen Interkontinentalraketen an, schon war das Problem behoben. Je weiter die Russen hinter den Westen zurückfielen, um so größer wurden die Minderwertigkeitskomplexe, die dann wieder mit neuen Waffen beruhigt wurden. Inzwischen – so schätzte Maria – mußte auf jedem einigermaßen ebenen Quadratmeter der friedliebenden Mutter aller Werktätigen eine Abschußrampe für Raketen stehen, wo es nicht so war, gingen die Jungen Pioniere, mit der Eierhandgranate zwischen den Zähnen, in Stellung. Dazu paßte es, daß die Russen Passagierflugzeuge, die ihre Grenzen überflogen, fein säuberlich in die Luft sprengten. Schon die Tatsache, daß andere Menschen auch Flugzeuge hatten, machte sie zu Feinden, und wenn in dem Flugzeug auch noch Kinder saßen, dann war die böse Absicht klar. Die Kinder würden als

Konterrevolutionäre über der Mongolei abgeworfen werden, wo sie sich mühelos unter der zwergwüchsigen Bevölkerung verstecken konnten.

Das waren die Zerrbilder von Russen und Amerikanern, mit denen Maria Marianopolos, die Tochter eines griechischen Werkmeisters, in Deutschland aufgewachsen war. Erst bei der Unterhaltung mit einem griechischen Dozenten für Informatik, der nach dem Auslaufen seines Vertrages von einer amerikanischen Universität nach München zurückkehrte, war ihr klargeworden, daß es sich in der Tat um Zerrbilder handelte, um eine Verfälschung der Tatsachen. Der Mann, ein Freund ihres Vaters, hatte während seines Aufenthalts in Amerika das Bild der Araber untersucht, die Behandlung der Araber in der amerikanischen Presse und im Fernsehen. Er hatte herausgefunden, daß die Araber seit der Ölkrise durchweg als Betrüger, als Halsabschneider, als Erpresser und geile Böcke dargestellt wurden. In den amerikanischen Witzen waren Araber dumm, feige, unsauber und widerlich, ihnen wurde damit die Rolle zugewiesen, die man früher, nicht nur in Deutschland, den Juden zugewiesen hatte. In den Hollywood-Filmen, ob ›Flight of the Phoenix‹ oder ›Lawrence von Arabien‹, waren Araber immer die Bösen, die Weißen waren die Guten.

Warum war das so? Amerika hatte den Vietnamkrieg verloren und war von der OPEC erpreßt worden. Man brauchte einen Sündenbock und fand ihn in den Arabern, wobei man souverän über die Tatsache hinwegging, daß die volkreichsten arabischen Länder kein Öl haben, mit dem sie den Westen erpressen können. Was die böse OPEC anging, so waren die Preiserhöhungen für das Benzin – dies war das rote Tuch für die amerikanischen Autofahrer – in Wirklichkeit vom persischen Schah ausgelöst worden, dem gehätschelten Freund der amerikanischen Regierung. Aber das hinderte die Medien und die Karikaturisten nicht daran, die Schuld für alle Übel der Welt den Arabern zuzuweisen, die als stinkreiche Analphabeten dargestellt wurden, als bösartige Widerlinge und raffgierige Scheiche, die dem guten Amerikaner – im Fernsehkrimi war es immer eine blonde

Amerikanerin, hübsch, nackt und geknebelt – den Hals zuschnürten.

In ähnlicher Weise war das Bild der Amerikaner und der Russen bei den Deutschen allmählich zur Karikatur entartet, und die beiden Supermächte taten alles, um dieser Karikatur gerecht zu werden. Beide, die Amerikaner und die Russen, verunsicherten ihre Verbündeten mit militärischen Planspielen, in denen Ost- und Westdeutschland in die Kohlezeit zurückgebombt wurde. Es schien keinen Ausweg zu geben aus dem Netz von Vorurteilen, das die Beteiligten gesponnen hatten, um die andere Seite als Inkarnation des Bösen anzuschwärzen, und inzwischen war das Netz so dicht gespannt und so verworren, daß sich die Fallensteller selbst nicht mehr auskannten. Für Maria Marianopolos, die das weltweite Fingerhakeln mit der derben Vernunft einer griechischen Melonenverkäuferin betrachtet, war die Situation klar. Lösen würde sich das Ost-West-Problem erst, wenn beide Seiten an ihren Lügen, an ihren Waffen und an ihren Träumen erstickt waren.

Maria ging an den Sommerkleidern entlang. Beim Betreten des Kaufhauses hatte sie eine merkwürdige Erregung befallen, das Gefühl kam von den Zehen, wanderte durch Knie und Kreuz ins Hirn und strahlte von dort zum Herzen, in die Brüste und in die Haarspitzen aus. Was sie anrührte, sprühte Funken. Sie blieb stehen und wippte auf den Zehen. Süß. Sie nahm ein Kleid von der Stange und ließ sich von der Verkäuferin eine Marke für die Umkleidekabine geben. Sie mußte ein paar Minuten warten, bis eine Kabine frei wurde. Die Hitze, so schien es ihr, war stickiger geworden, als sie in der ersten Etage ankam. Wahrscheinlich schalteten sie schon eine Stunde vor Geschäftsschluß die Aircondition aus.

Das Kleid war erdbeerfarben und um den Busen herum zu eng. Was nicht schlimm war. Sie konnte sowieso nichts kaufen. Aber das Anprobieren machte Spaß. Es bereitete ihr Genugtuung, sich in einem nagelneuen Kleid zu betrachten. Sie zog sich aus, wartete ein paar Herzschläge lang, bis das Kitzeln in den Brustwarzen von dem Gefühl weicher Knie verdrängt wurde, hängte das Kleid auf den Bügel zurück und zog sich wieder an. Als sie die Kabine verlassen wollte, bemerkte sie die leere Plastiktüte auf dem Boden. Sie hob die Tüte auf, gab dem Mädchen an der Kontrolle Kleid und Marke zurück und schlenderte zur Sportabteilung. Sie beschleunigte ihren Schritt, als sie die weißen Tennissocken sah. Sie spielte nicht Tennis, aber die Socken gefielen ihr. So weich, so flauschig. Sie mußte schlucken, ein süßes, klebriges Gefühl kroch in ihrer Speiseröhre hoch, um sich im Gaumen einzunisten. Ihr Atem ging jetzt schneller, obwohl sie stehengeblieben war. Sie warf einen Blick in die Runde. Die Verkäuferin telefonierte, die Kassiererin stapelte Quittungen. Eine ältere Frau stand in der Nähe, sie kehrte Maria den Rücken zu.

Mit raschen Bewegungen nahm Maria einen Packen mit fünf Paar Tennissocken und ließ die Ware in ihre Tüte gleiten. Sie ging weiter. Das Gefühl in der Kehle war intensiver geworden, und als sie den Stapel mit Blusen umrundete, hatte sich ein Kribbeln in den Schenkeln dazugesellt. Es war wie eine Spinne, die zwischen den Beinen hochkroch, und obwohl die schöne Griechin Angst vor Spinnen hatte, genoß sie den Kitzel, den die Vorstellung ihr bescherte.

Sie war an einem Stand mit Unterwäsche angekommen und inspizierte das Sortiment. Als sie ein Frotteehöschen Größe 36 sah, griff sie zu. Das Kribbeln war wieder da, und als Maria mit ihrer Beute zum Ausgang eilte, gesellte sich zu der Spinne die Hand eines Warenhausdetektivs. In ihrer Vorstellung sah sie sich auf frischer Tat ertappt.

»Darf ich einmal sehen, was Sie da eben in die Plastiktüte gesteckt haben?«

»Natürlich.«

Sie würde dem Warenhausdetektiv den gestohlenen Slip zeigen, und der Mann würde den Kassenzettel verlangen. »Und der Bon?«

»Den habe ich verloren.«

»Ist das alles, was Sie gestohlen haben?«

»Ich habe nichts gestohlen.«

»Das werden wir ja sehen. Folgen Sie mir bitte.«

Er würde vorausgehen und sie in eine Kabine geleiten. »Ich muß Sie bitten, sich auszuziehen.«

»Das ist nicht zulässig. Wenn überhaupt, dann habe ich Anspruch darauf, von einer Frau durchsucht zu werden.«

»Bei uns ist das anders geregelt.« Er zeigte ihr seinen Ausweis. »Also bitte.«

Sie würde sich das Kleid über den Kopf streifen und vor dem Spiegel ihre Haare ordnen.

»Den Unterrock bitte auch.«

Maria spürte, wie sich ihr Gesicht mit flammender Röte überzog. »Sie sehen doch genau, daß ich unter dem Unterrock nichts verbergen kann.«

»Ziehen Sie sich bitte aus.«

Sie streifte sich den Rock über den Kopf und stand im Slip vor ihm. Sie trug keinen BH.

Er hielt den Kopf schief und musterte sie.

»Den Slip auch.«

Sie stand da, in die Ecke der Kabine gedrückt. Die Schenkel waren geschlossen, und Maria hatte das Gefühl, als würde der Stoff des Höschens von einer geheimnisvollen Kraft in sie hineingesogen.

»Wird's bald?« Der Mann hatte die Arme in die Seiten gestemmt. Er stand mit dem rechten Fuß auf der Plastiktüte mit den gestohlenen Waren. Mit langsamer Geste schob sie das Höschen über die Schenkel.

Sie war an den Knien angekommen, als der Mann die Plastiktüte aufhob. Er zog das Frotteehöschen heraus.

»Sie haben Größe sechsunddreißig gestohlen. Paßt Ihnen das überhaupt?«

»Warum fragen Sie?«

»Es könnte ja sein, daß Sie für jemand anderen stehlen.«

»Mir paßt Größe sechsunddreißig.«

»Ziehen Sie's an, dann glaub' ich's Ihnen.«

Sie streifte sich ihr Höschen über die Füße und zog das Frotteehöschen an. Er schob seinen Fingernagel unter das Gummiband. Es gab ein schnalzendes Geräusch, als er das Band wieder freigab. »Steht Ihnen gut. Besser als das eigene.«

»Darf ich mich jetzt wieder anziehen?«

»Sie können sich anziehen, und Sie können das Frotteehöschen behalten.«

»Das möchte ich nicht.«

»O doch. Sie behalten das Frotteehöschen – und ich behalte Ihres.«

Sie sah, wie er ihr Höschen in seine Jackentasche stopfte. Er wandte sich zum Gehen. »Ich habe Bescheid gesagt, daß man Sie hinausläßt.«

Er war verschwunden, ehe sie noch etwas sagen konnte.

Sie hatte die Luftschleuse, das übelriechende Niemandsland zwischen Basar und Straße, passiert, als sie aus ihrem Wachtraum aufwachte. Habe ich das wirklich nur geträumt? Sie tastete nach dem Inhalt der Tüte. Sie fand die fünf Paar Tennissocken. Das Frotteehöschen fehlte.

11

Seit dem Einbruch in Dr. Brendles Labor waren drei Monate vergangen. Immer noch gab es keine Spur von den Tätern, die für zehntausend Mark Schaden angerichtet hatten. Wenn Brendle sich abends schlafen legte, dachte er über die Menschen nach, die sich aus mißverstandener Tierliebe zu Diebstahl und Sachbeschädigung hinreißen ließen. Wie war es möglich, daß jemand alle Werte, auf die es ankam, über den Haufen warf, nur um ein paar Tiere zu befreien, die jetzt in irgendwelchen Hinterhöfen herumstreunten, wenn sie nicht schon verhungert waren?

Für ihn, den Forscher, war der Eingriff in seine wissenschaftliche Arbeit ein Signal gewesen. Er würde sich dem Druck der Straße nicht beugen, auch nicht dem Druck der Zeitungen, die immer mehr Leserbriefe gegen Tierversuche veröffentlichten. Die beschädigten Geräte hatte er durch neue ersetzt, dafür gab es einen Zuschuß der Landesregierung. Für das kommende Jahr plante Dr. Brendle den Aufbau eines Primatenzentrums, wo er Affen und Halbaffen *in den Versuch* nehmen konnte. Es gab Bereiche, wo die mit Katzen gewonnenen Erkenntnisse ergänzt und abgesichert werden mußten.

Er hatte Eva, seiner über alles geliebten Siamkatze, ihre Sahne in den Napf gefüllt. Er wartete, bis sie den Napf ausgeschleckt hatte, dann knipste er die Nachttischlampe aus.

Das neue Projekt. Er erschauerte, als ihm die ganze Bedeutung der Aufgabe bewußt wurde. Ein Pharmakonzern hatte die Finanzierung zugesagt, und die Ergebnisse der Arbeit würden in der ›Medical Tribune of Canada‹ veröffentlicht werden. *Über Amylnitrit zur Erhöhung des Augeninnendrucks bei Canis Guara.* Es war gut, daß er damals dem Rat seiner Mutter gefolgt war, die ihn vor der Heirat mit Cornelia gewarnt hatte. Alle Frauen sind böse, mein Junge, nur deine Mutter ist gut. Er hatte das Gespräch auf der Terrasse, wo es nach Rhododendron und frischer Ölfarbe roch, wörtlich im Gedächtnis behalten. Er war seiner Mutter so dankbar, daß sie sich damals gegen ihn durchgesetzt hatte. Womöglich hätte er in der Ingenieurfirma, die Cornelias Vater gehörte, eine kommerziell eingefärbte Karriere eingeschlagen. Die Lorbeeren für die Gelenkschäden bei *Felis domestica* hätte sich dann jemand anderer geholt.

Es war eine sternklare Nacht, mondlos und kalt, und die Siamkatze war durch das Schlupfloch in der Wand, eine Fünftausendmark-Angelegenheit mit Lichtschranke und Lamellen aus titanveredeltem Aluminium, vom Schlafzimmer in die Küche entwichen, als Brendle in Schlaf fiel.

Nie hatte er sich erinnern können, was er in der ersten Schlafphase zwischen elf und eins träumte. Die Träume nach eins waren Wanderungen durch ein sonnenüberflutetes Irland. Das Meer war zu sehen und der graugrüne Horizont jenseits der Klippen von Mohair. Er ging zwischen niedrigen Steinmauern entlang. Das Ziel war jedesmal das gleiche. Ein Hufschmied. Dort drüben lag das Anwesen des Hufschmieds. Unverkennbar das Strohdach, die Binsen reichten bis auf die Erde hinab. Es gab einen Gesellen, der vor der Schmiede...

Es war Punkt elf, als Brendles Traum von Gefängnis begann. Eine farbige Vollzugsbeamtin, 23, hübsch und geschminkt, inspizierte den Trakt der weiblichen Gefangenen. Es kümmerte Brendles Unterbewußtsein wenig, daß er nie ein Gefängnis von innen besichtigt hatte. Er hatte auch nie eine Negerin aus der Nähe gesehen. Aber die Vollzugsbeamtin, die mit der Beaufsichtigung der 20 Zellen in Brendles Traumgefängnis beauftragt war, konnte aus irgendeinem Grund nur eine Schwarze sein.

Sie kam den Gang entlang, mit dem Schlüsselbund in der Hand. Es war düster, nur die armdicken Stahlstangen, die den Grenzstrich zwischen Gut und Böse zogen, waren zu erkennen. Er hätte der Beamtin gern zugerufen, daß er ganz ähnliche Zellen hatte, daß auch er Gebieter über zwanzig Lebewesen war, aber das hatte er schon oft versucht. Sie hörte ihn nicht, und für die Ausübung der Kontrollen in New Jersey County Prison war das Wissen um die Situation in der deutschen Forschung wohl auch nicht so wichtig.

Die Beamtin hatte eine Zelle geöffnet. Sie knipste das Licht an. Eine junge blonde Frau lag auf dem Eisenbett. Sie wollte aufspringen, aber da war die Negerin schon über ihr, eine grazile Schönheit im schwarzen Uniformrock, mit einem Trommelrevolver am Gürtel. Die Uniformbluse der Wärterin war hellblau, die Strümpfe dunkel, im Gegensatz zu den weißen Strümpfen der Gefangenen. Die Negerin trug eine Schirmmütze mit silberner Litze und silbernem Polizeiadler. Das lange Haar ragte unter ihrer Mütze hervor.

Ohne ein Wort zu sagen, hatte die Beamtin die Brüste der weißen Frau zu streicheln begonnen. Sie war dunkelbraun, mit kräftigem Kinn und leicht hervorstehenden Lippen. Als die Brüste die Größe erreicht hatten, daß sie nicht mehr unter das Nachthemd paßten, zog die Beamtin der jungen Frau das Hemd über den Kopf. Sie stand auf, ging zum Flur und kehrte mit einem Tablett voller Essen zurück. »Willkommen in New Jersey, und guten Appetit.«

Dies war die Stelle, wo das Bild immer ziemlich undeutlich wurde. Brendle strengte sich sehr an, um zu erkennen, ob die weiße Frau aß oder nicht, aber das Bild blieb dunkel, und so traf ihn das Knallen der Zellentür, Stahl auf Stahl, völlig unvorbereitet, er fuhr hoch, riß die Augen auf, und sah Eva, wie sie aus dem Schlupfloch kam. Als die Lamellentür hinter der Katze ins Schloß fiel, hatte er seinen Traum bereits vergessen.

Er setzte sich auf die Bettkante und knipste die Nachttischlampe an. Das Notlicht im Stecker verblaßte.

Katzen. Die Erinnerung war fort, und doch wußte Brendle, daß Katzen in seinem Traum eine Rolle gespielt hatten. Katzen waren wichtig. Sie waren das Versuchsgut par excellence. Er hatte nach dem Einbruch 20 neue Tiere kaufen müssen. Die neue Versuchsserie würde kommenden Montag beginnen.

Er wußte nicht, was ihn dazu bewegte, sich mitten in der Nacht anzuziehen. Als er angekleidet war, ging er in die Küche. Sein Blick fiel aufs Wandtelefon. Hatte es Sinn, wenn er sich bei der Wach- und Schließgesellschaft erkundigte, ob die Kontrollen zuverlässig durchgeführt wurden? Er beschloß, auf den Anruf zu verzichten. Der Mann am anderen Ende konnte auf solch eine Frage nur eine Antwort geben: »Selbstverständlich, Herr Dr. Brendle.« Was tun?

Brendle nahm den Wagenschlüssel, der auf dem Kühlschrank lag, und verließ die Wohnung. Eine Minute später saß er in seinem Wagen. Nach viertelstündiger Fahrt bog er in den Seitenweg an der Verdistraße ein.

Er hatte die Scheinwerfer gelöscht und den Schlüssel abgezogen. Er mied den Kiesweg, erreichte das Haus über den Rasen, öffnete die Tür. In wenigen Sprüngen brachte er die Treppe hinter sich, die zum Hauptgeschoß emporführte.

Er tastete nach dem Lichtknopf. Die Neonleisten flammten auf. Es machte Pling, es machte Plong, und dann stand ein wunderschönes Mädchen vor ihm. Maria Marianopolos, die Tochter der Zugehfrau.

»Sie!« brachte er hervor. »Sie!« Und dann wurde ihm klar, daß er auch ›du‹ hätte sagen können, denn das Geschöpf war noch sehr jung, von der Figur einmal abgesehen, aber es gab ein Hindernis, nämlich den Korb, der neben ihr stand, und als Brendle den Deckel hob und seine Katzen wiedererkannte, 0127, die für die Beatmungsmaschine vorgesehen war, und 088, die er für den Unterkühlungstest bestimmt hatte, beschlich ihn die Angst vor soviel Frechheit, wie sie das Griechenmädchen an den Tag legte. Zum zweitenmal machte sie das jetzt schon, und was aus dem Augeninnendruck und den teuren Viren für die Gehirnhautentzündung wurde, war ihr egal.

Er legte die Hand auf den Korb und sah das Mädchen an. »Warum machen Sie das? Warum stehlen Sie meine Tiere?«

»Die Tiere gehören Ihnen nicht«, sagte Maria.

»Ich habe sie gekauft.«

»Zu welchem Zweck?«

»Das wissen Sie ganz genau. In meinem Labor werden Tierversuche durchgeführt, die für die Humanmedizin wichtig sind.«

»In Ihrem Labor werden Tiere gequält, nicht weil es für die Humanmedizin wichtig ist, sondern weil Sie Geld damit verdienen.«

»Das ist nicht verboten.«

»Doch. *Ich* verbiete es Ihnen.«

Brendle traute seinen Ohren nicht. So weit war es gekommen in Deutschland. Die Tochter seiner Zugehfrau, ein ungebildetes Nichts mit abgebrochener Hauptschule und Plastikohrringen aus dem Billigkaufhaus, sagte ihm, was er im Labor zu tun und zu lassen hatte.

Er ging zum Telefon. »Ich werde Sie anzeigen. Ich werde die Polizei verständigen. Es sei denn, Sie versprechen mir, daß Sie Ihre törichten Aktionen ein für allemal einstellen.«

»Ich verspreche Ihnen, daß ich Sie ein für allemal am Quälen von Tieren hindern werde, so wahr mir Gott helfe.«

Er fand es unpassend, daß sie Gott ins Spiel brachte. Es waren die unanständigen Mädchen, die sexbesessenen Geschöpfe, die Gott im Munde führten, das hatte ihm seine Mutter eingeprägt. Den Beweis sah er vor sich. Maria war eine fleischgewordene Aufforderung an den Mann. Und natürlich konnte ein Mädchen, dessen Körper und Seele von Sinneslust und von dem Wahn, Tiere retten zu müssen, durchtränkt waren, nicht dem humanistischen Höhenflug eines approbierten, staatlich geförderten und von seinem Auftrag durchdrungenen Tierexperimentators folgen.

»Polizei? Hier spricht Dr. Brendle.« Er nannte die Adresse. »Schicken Sie bitte sofort...«

Sie machte keinen Versuch zu fliehen. Sie wartete, bis die Polizei eintraf. Die Beamten nahmen Kenntnis, nahmen Ärgernis, nahmen Personalien auf und notierten, was Dr. Brendle zu dem Vorfall zu sagen hatte. Als einer der Beamten den Käfig ergriff, um ihn ins Labor zurückzutragen, vertrat Maria ihm den Weg. Ihr Schlag traf ihn an der Stirn, und das weitere ging dann recht schnell, Maria handelte sich einen giftigen Blick des Streifenleiters ein, dann klickten die Handschellen um ihre Gelenke, und als sie sich nach der Fahrt zum Revier auch noch weigerte, das Protokoll zu unterschreiben, wurde sie in eine nach Kohlrouladen und Lauge duftende spärlich ausgestattete Arrestzelle geführt, die Gittertür fiel ins Schloß, und das einzige Licht war der bunte Kringel auf der Flurwand, Reflex der Butterbrotdose, die draußen auf dem Tisch des wachhabenden Beamten lag.

12

Auch Griechenmädchen, die mit dem Vorsatz der Tierbefreiung in ein fremdes Haus eingedrungen und dabei ertappt worden sind, schlafen irgendwann einmal ein, und als Maria erst einmal schlief, kümmerte sie der bunte Kringel nicht mehr, auch nicht die harte Pritsche, auf der sie lag, die einzige Störung war die Spitze der Spiralfeder, die sie in den Hintern piekste, aber das konnte man so oder so nehmen. In einer gebundenen Schrift, die Maria im Frauenbuchladen geklaut hatte, wurde festgestellt, daß es Männer gab, die von regelrechten Lustschauern – hier sträubte sich die Feder der Informantin – durchrieselt wurden, wenn sie einer Frau in den Hintern kniffen, und so entschloß sich Maria, um die Störung positiv einzubinden, zu der Traumrolle einer Serviertochter im *Kafeneion*, in einem griechischen Männercafé. Es gab jede Menge Spiegel, so daß sich das Mädchen vergewissern konnte, wer im Einzelfall ihrem Prachtarsch soviel Gutes antat, es gab das prunkvoll eingerahmte Bild, wo ein geflügelter Engel, männlich, einen flügellosen Engel, weiblich, begattete, es gab geschlämmte Wände, der Pfarrer saß auf einem hellblau gestrichenen Baststuhl, wippte und taxierte die Rundungen von Maria Marianopolos, dem wundersamen München-Import, draußen rauschten die Ahornbäume, und als das Serviermädchen sein Tablett auf den Tisch am Fenster abstellte, war die Sonne unter den Wolken hervorgeschlüpft, das Gesicht des Mannes, der soeben am Fenster Platz genommen hatte, war zu erkennen, der Mann war Ende Dreißig, hatte dichtes graues Haar und buschige Augenbrauen, er trug eine Advokatenbrille von der Art, wo man einen Hunderter zuzahlen mußte, und auch sonst sah der Typ nicht gerade ärmlich aus. Der Anzug war aus feinem Leinen, aber es gab auch ein Detail, das den Gast als Advokat wieder etwas zurückwarf, nämlich das offene Hemd, als Plus vermerkte Maria, daß der Mann eine behaarte Brust hatte, was sicher gut war, wenn man mit ihm zusammenlag und alles andere durchhatte, jedenfalls war sie entschlossen, sich dem Fremden von der besten Seite zu zeigen. Sie bumste mit dem Hintern an den Tisch, bis der Kaffee in der Tasse überschwappte, und dann wischte sie die Bescherung auf, mit dem Zipfel ihrer Schürze, wobei sie sich unnötig weit vorbeugte, so weit, daß der Mann seine Brille abnahm und hilfesuchend zum Pfarrer hinübersah, aber der nickte ihm nur freundlich zu, um sich dann den Tabakkrümeln auf seiner Soutane zu widmen. Welch ein schöner Tag, dachte Maria, ich bin zwar immer noch nicht schwanger, aber wenn ich's geduldig weiterversuche, wird's schon einmal klappen, am besten, ich lasse den Advokaten ran, der müßte wissen, wie's geht, hat schließlich lange genug die Bouzoukisängerinnen in der Hauptstadt durchgevögelt, natürlich müßte ich dann auch mal heiraten, weil sie mir sonst die Tür zumauern, andererseits wußte sie vom Spülmädchen, daß sich die meisten vorehelichen Fehltritte mit einem Gebet zum heiligen Antonius aus der Welt schaffen ließen, der war nicht nur der Schutzheilige der Haustiere, sondern auch Fürsprecher der Mädchen mit dem heißen Höschen, daheim in Griechenland weihte er das Salz, das die Frauen in eselsohrigen Plastiktüten auf den Altar der Dorfkirche legten, und das Brot, das die jungen Burschen auf dem Weg von der Bäckerei zur Dorfmitte an der Antoniussäule vorbeitrugen, und besonders eingenommen war Maria vom heiligen Antonius, weil dem der Teufel in Gestalt einer schönen Frau erschienen war. Aus den Papieren der Kirche ging nicht klar hervor, wie die Begegnung verlaufen war, logisch schien, daß man eine Frau erst von der Bettkante stoßen konnte, nachdem man sie eingeladen hatte, auf dem Bett Platz zu nehmen, und jedes Mädchen aus Kos wußte, wenn der Mann die Frau erst einmal im Bett hatte, dann gab er sie nicht frei, ohne ihr seine Briefmarkensammlung zu zeigen, was die Frage nach den philatelistischen Neigungen des heiligen Antonius aufwarf, Milchgeschäft, Sonderstempel oder *vagina dentata*.

Maria hatte dem Advokaten die zweite Tasse Kaffee verschüttet, als die Schritte vor ihrer Pritsche so laut wurden, daß sie sich zum Aufwachen entschloß. Es war Morgen geworden. Der Streifenführer, der sie am Vorabend ins Revier eingeliefert hatte, stand über ihr. Das Gitter der Zelle hatte er offengelassen. »Würden Sie bitte mitkommen.«

»Ich hatte nicht vor, hier anzuwachsen«, sagte Maria. Sie stand auf, ordnete ihr Haar und folgte ihm durch den Gang zur Wachstube.

Er ließ sie auf der anderen Seite des Tisches auf einem Stuhl Platz nehmen.

»Möchten Sie zur Sache aussagen?«

»Nein.«

»Der Staatsanwalt wird vermutlich Anklage gegen Sie erheben. Hausfriedensbruch, Sachbeschädigung, Widerstand gegen die Staatsgewalt.«

»Bittschön.«

»Da wäre noch was. Könnte es sein, daß Sie mit dem jungen Mädchen identisch sind, das sich alle paar Wochen im Englischen Garten entblößt?«

»Meines Wissens gibt es jeden Tag ein paar Dutzend Mädchen, die sich dort entblößen.«

»Aber nicht so«.

»So?«

»Auf schamverletzende Weise.«

»Wie macht sie das?«

»Das wollte ich eben von *Ihnen* erfahren.«

»Ich war's nicht.«

»Kann ich das zu Protokoll nehmen?«

»Nein. Ich verweigere die Aussage.«

»Das ist Ihr gutes Recht. Im Prinzip könnten Sie jetzt nach Hause gehen.«

»Nur im Prinzip?«

»Ich kann Sie nur freilassen, wenn Sie den Nachweis führen, daß Sie in München fest ansässig sind.«

»Ich habe Ihnen gesagt, wo ich wohne.«

»Das genügt nicht. Ich brauche eine Wohnsitzbestätigung.«

»Soll ich mir die hier auf dem Revier aus den Rippen schwitzen?«

»Wo Sie die Bescheinigung herkriegen, ist Ihr Problem.«

Das Wiehern des Amtsschimmels war verklungen, als Maria der Name des Rechtsanwalts einfiel. Menz hieß der Anwalt, von dem Hans ihr erzählt hatte. Dr. Peter Menz.

»Kann ich einen Anruf machen?«

»Bitte.« Der Beamte deutete auf den Wippgalgen des Telefons.

Maria schlug die Nummer nach, wählte und bekam die Sekretärin des Rechtsanwalts an die Strippe.

»Hier Kanzlei Dr. Menz. Sie wünschen?«

»Ich möchte gern Dr. Menz sprechen.«

»In welcher Angelegenheit?«

»Ich bin eine Mandantin.«

»Dr. Menz ist in einer Besprechung. Kann er Sie zurückrufen?«

»Er kann mich aus dem Gefängnis rausholen, wenn er will«, sagte Maria.

»Wie bitte?«

»Ich bin verhaftet worden und möchte wieder raus.«

Pause. Und dann: »Ich verbinde.«

Eine tiefe, ruhige Stimme meldete sich, und Maria erklärte Dr. Menz, wie sie völlig unschuldig in die Zelle geraten war. Sie wollte auf Brendles abscheuliche Tierquälereien zu sprechen kommen, als er sie unterbrach. »Wo sind Sie?«

Sie ließ sich vom Streifenführer, der immer noch über dem Protokoll brütete, die Straßenbezeichnung und die Hausnummer des Polizeireviers sagen und gab die Adresse durch.

»Ich komme«, sagte Dr. Menz.

Eine halbe Stunde später war er da. Ein Mann um die Vierzig. Als er Maria erblickte, konnte er seine Überraschung nicht verbergen. »Sie sind doch...«

»Ich bin Maria Marianopolos«, fiel sie ihm ins Wort. »Die Polizei will mich festhalten, weil mir eine kleine Bescheinigung fehlt.«

Der Mann mit den ruhigen grauen Augen wandte sich an den Polizeibeamten. »Was ist passiert?«

»Gegen die junge Dame wird wegen verschiedener Delikte ermittelt. Hausfriedensbruch, Widerstand...« Er räusperte sich.

»Und wegen Erregung öffentlichen Ärgernisses«, sagte Maria. »Ich soll mich mitten im Englischen Garten splitternackt ausgezogen haben.«

»Wie schön«, sagte Dr. Menz. »Ich habe schon immer geahnt, daß ich zuviel in meiner Kanzlei sitze. Ich sollte öfter spazierengehen.« Er ließ sich vom Beamten das Protokoll geben und las es durch.

Er sah auf. »Haftgrund?«

»Kein fester Wohnort.«

»Das sollte mich wundern«, sagte Dr. Menz. Er nahm die Plastikhülle mit dem Ausweis, die Maria ihm gab. Er zog die Aufenthaltserlaubnis hervor, einen zusammengefalteten DIN-A-4-Bogen mit den ungelenken Eintragungen des Sachbearbeiters Buchstabe M im Ausländeramt. Er las dem Polizeibeamten die Anschrift vor, und dann reichte er ihm das Dokument.

Der Streifenführer stand auf und nickte. »Warum nicht gleich so?«

»Eben«, sagte Dr. Menz. »Warum nicht gleich so?«

Zur Verdistraße waren es zehn Minuten Fahrt. Dr. Menz hatte ihr angeboten, sie nach Hause zu bringen, und Maria nahm an. Der Mann ähnelte jemandem, den sie kannte, aber wie das so ist, wenn man furchtbar neugierig ist, es fiel ihr nicht ein.

»Da vorne«, sagte sie. »Gleich nach dem Baugerüst.«

Er war in eine Parklücke eingebogen und schaltete den Motor ab. Er gab ihr seine Karte.

»Ich danke Ihnen«, sagte Maria. »Ich hatte nicht gedacht, daß es so einfach geht.«

»Es geht auch gar nicht einfach.«

»Ich bin doch draußen.«

»Draußen, aber nicht raus.«

»Werde ich bestraft?«

»Man wird mit Sicherheit Anklage erheben. Ob Sie dann

bestraft werden, hängt von einer Reihe von Faktoren ab, über die wir uns demnächst mal unterhalten müssen.«

Die Aussicht, sich mit Dr. Menz unterhalten zu müssen, war Maria nicht so furchtbar unangenehm. Sie saß da, scheuerte ihre Ellenbogen an den Rippen und dachte nach.

»Nicht kratzen«, pflaumte er. »Waschen!«

»Ich dusche täglich, wenn Sie das meinen.«

»Das meine ich *nicht*.« Er kräuselte die Nase und grinste. »Ich weiß nur eines. Wenn meine Mandanten aus der Haft kommen, dann wollen sie als erstes ein heißes Bad. Schon wegen der Psyche.«

Schon wegen der Psyche. Wenn es noch einer Redewendung bedurft hatte, um Marias Widerstände gegen seinen Charme zu brechen, dann waren es diese vier Worte. Vor allem das letzte. Psyche. Maria vermutete, Psyche hatte etwas mit dem Geruch eines Menschen zu tun. Der Artikel vor Psyche war weiblich. Das Haar der Frau also.

Sie schnupperte an der Strähne, die ihre Stirn bedeckte. Es roch noch einigermaßen frisch. Oder nicht?

Sie rückte etwas von ihm ab. »Ich bin meistens sehr ordentlich gekämmt, wenn Sie das meinen. Aber auf dem Revier gab's keinen Spiegel.«

Er sah zum Fenster hinaus. Er schwieg.

»Sie mögen mich nicht leiden, wie?«

»Ich finde Sie ganz hübsch.«

Sie strahlte. »Ich hab' leider keine zwanzig Pfennig dabei.«

Er sah sie überrascht an. »Zwanzig Pfennig?«

»Das sagen wir so in der griechischen Kolonie. Der junge Mann sagt, ›bist du aber hübsch‹, und das Mädchen sagt, ›tut mir leid, ich hab' leider kein Geld dabei‹. Das sagt man, weil sich Schmeichler meist eine kleine Gegenleistung erwarten.«

»Ich wollte Ihnen nicht schmeicheln. Ich habe nur Ihre Frage beantwortet.« Er tippte auf die Karte, die Maria sich in die Brusttasche gesteckt hatte. »Wir sollten uns mal genauer über den Vorfall in der vergangenen Nacht unterhalten, und zwar, bevor die Kripo Sie zur Vernehmung bestellt.«

»Schon überredet. Wann?«

»Ich würde sagen, kommenden Montag um fünf. Kommen Sie bitte in mein Büro.«

Sie hielt den Kopf schief und betrachtete ihn. »Es ist eigentlich nicht üblich, daß die Frau zum Mann geht.«

Er mußte lachen. »Soll ich Sie abholen?«

»Das wäre schön.«

Er deutete auf ihr Haus. »Hier?«

»Im McDonald's an der Leopoldstraße.«

Er kniff die Augen zusammen. »Wo denn da?«

»Leopoldstraße siebzehn.«

»Und wie erkenne ich Sie?«

»Das ist einfach«, sagte Maria. »Sie suchen sich die Schönste aus.«

Sie kam aus dem Waschraum, und Peter Menz unterhielt sich mit Lilibeth an Kasse 1. Es war Montag, fünf nach fünf, und inzwischen war Maria eingefallen, woran dieser Mann sie eigentlich erinnerte. Das Kafeneion auf Kos. Hatte sie ihn wirklich dort gesehen? Das Leben ein gelebter Traum?

Maria konnte nicht ahnen, daß die Philosophen eben über diese Frage schon viele Bürger vollgeschrieben hatten, und diese Bücher waren ja auch nicht für Menschen wie die schöne Griechin geschrieben worden, sondern für feinsinnige Großverdiener, die in ihrem verschneiten Landhaus sitzen und ihren Weltschmerz pflegen, und so entschied sie sich für die Flucht nach vorn, sie ging zur Kasse 1 und kaufte Peter Menz einen Big Mac.

Was wohl genau das Richtige gewesen war. Peter aß das Ding mit viel Appetit, bekleckerte seine Krawatte mit Ketchup und behauptete dann, er würde sich künftig in den Verhandlungspausen bei Gericht nur noch von Big Mac ernähren.

»Wir nennen die Big Macs in der Firma etwas anders«, sagte Maria.

»Wie denn?«

Sie flüsterte es ihm ins Ohr, und irgendwie gefiel Peter die Ausdrucksweise, er nahm sich vor, den Sachverhalt mit einem befreundeten Landgerichtsrat durchzusprechen, der seit Jahrzehnten an einem Universal-Lexikon ›Verbotene Worte‹ arbeitete, das er nach seiner Pensionierung als Privatdruck herauszubringen plante.

Als er den Big Mac verzehrt hatte, kam er auf den Einbruch in der Tierversuchsanstalt zu sprechen. Es gab den Begriff Notwehr, Abwehr eines Übels, Tierschutz und Menschenwürde, es gab die Verfassung der Bundesrepublik, den Konfliktstau bei einem jungen Menschen, die Dinge waren in den letzten Jahren etwas in Bewegung geraten, und alles mündete in den Schutz des Lebens, wenn man gegen Waldsterben war, konnte man ebensogut gegen Tiersterben sein, jedenfalls war es nicht so, daß Maria eins, zwei, drei verknackt werden würde, es würde ein ordentliches Verfahren geben mit Einspruchsmöglichkeiten und Beweisanträgen, und dann gab es noch die Gewerbepolizei, die Baupolizei und das Gesundheitsamt, alles Dienststellen, wo Beamte saßen, die sich herzlich gern an einer neuen Akte festsaugen würden, wo unter Bezug auf die Reichsversicherungsordnung der Nachweis geführt wurde, daß Dr. Brendle solche Versuche gar nicht durchführen durfte, mehr noch, daß er seit Jahren an den einschlägigen Bestimmungen vorbeioperierte.

Maria war erleichtert. So erleichtert, daß sie Peter Menz noch vor der Umrundung der Siegessäule das ›Du‹ anbot.

»Maria?«

»Hm?«

»Bist du Spanierin?«

»Wegen der Haare?«

»Ich meine nur, weil dein Name so fremdländisch klingt.«

»Rate mal.«

»Jugoslawin?«

»Nein.«

»Türkin?«

»Das hättest du wohl gern.« Sie schmollte. »Wer hat dir verraten, daß ich Bauchtanz kann?«

»So was sieht man.«

»Ich muß dich enttäuschen, ich bin keine Türkin.«

»Sondern?«

»Ich bin ein Eskimomädchen.«

»Von denen hört man nur Gutes.«

Sie schob ihre Brüste vor. »Ich hoffe, daß ich den Erwartungen des Herrn entsprechen kann.«

Es gab kein Eskimorestaurant in München, und so aßen sie beim Griechen in Haidhausen, man brauchte keine Bestellung aufzugeben, sondern nur eine halbe Stunde rumzusitzen und ein hungriges Gesicht zu machen. Natürlich gab es keine Speisekarte, nur angebrannte Tischtücher und die aufgestützten Ellenbogen des Tischnachbarn, aber das Essen schmeckte, und bei der Heimfahrt den Rosenheimer Berg runter war Maria so gutgelaunt, daß sie Peter den Arm um die Schulter legte. Es gab ein Popkonzert im Deutschen Museum, und einen Polizisten, der den Verkehr auf der Brücke regelte. Als sie halten mußten, sprang Maria aus dem Wagen und gab dem Polizisten auf seiner Blinkinsel einen Kuß, sie gab ihm außerdem noch eine Dose Cola, die sie aus dem McDonald's mitgenommen hatte, und Polizisten, die Autos zu Popkonzerten einweisen, sind ja einiges gewöhnt, bekommen sie doch von den Negermädchen, die zu solchen Veranstaltungen anrücken, noch viel eindeutigere Gunstbeweise. Der Mann schmunzelte und wischte sich den Lippenstift ab wegen zu Hause, Peter schmunzelte, weil ihm danach zumute war, und als sie – dies schlug sechs Wochen später mit hundertachtzig Mark zu Buch – über den Doppelblitz der Rotlichtkamera an der Wittelsbacherbrücke hinwegpreschten, sagte Maria: »Ich wußte es doch, du bist ein Gesetzesbrecher, und wir Knackis müssen zusammenhalten«, und als Peter den Wagen vor seiner Wohnung anhielt, schlang sie die Arme um seinen Hals und sagte: »I mog di.«

I mog di. Peter Menz hatte schon einiges erlebt in seiner Zeit als Anwalt, aber kein Eskimomädchen, das einen Abend mit ihrem Rechtsverdreher mit ›I mog di‹ beschloß. Während Maria Wasser für einen Tee aufstellte, dachte er über die ungewöhnliche Wortfolge nach. Wenn man das ins Hochdeutsche übertrug, ergab sich als Bedeutung ›Ich mag dich‹. Und doch war ganz etwas anderes gemeint. ›I‹ klang zunächst einmal weniger ichbezogen als ›ich‹. Das Mädchen, das zu einen ›I‹

griff, reduzierte sich zu einem einzigen Buchstaben, und kürzer konnte man ja wohl nicht heißen. Dann das ›mog‹. Die Mägde im Voralpenland sagten das, wenn das Getreide so hoch stand, daß man nach Herzenslust drin vögeln konnte. Andererseits war ›mog‹ nicht sehr verpflichtend. Man gab damit kein Versprechen ab, seinem Partner bis ans Lebensende auf den Wecker zu fallen. Man stellte ganz einfach klar, daß man ihn jetzt gern hatte. Und schließlich das ›di‹. Viel weicher als der Akkusativ des ›dich‹. ›Di‹ konnte man sagen, ohne die Zunge zu Hilfe zu nehmen, und wer ›I mog di‹ sagte, brauchte die Zunge ja auch für ganz andere Dinge, etwa um die verschiedenen Vorlieben des Geliebten zu erkunden.

Es wurde ein beschwingter Abend, obwohl Maria ihrem Peter bei jenem Zusammensein keinen einzigen Kuß gab. Menz hatte ihr erklärt, was es mit den Gesetzen auf sich hatte, daß es sich meist um Texte handelte, die schon ein paar hundert Jahre alt waren, so daß nicht alle Wechselfälle des Heute von den Paragraphen abgedeckt wurden, er erklärte ihr auch, daß es auf den Ämtern nette Typen gab, mit denen man sprechen mußte, schon deshalb mußte man mit ihnen sprechen, weil sonst niemand mit ihnen sprach. Er erklärte ihr, daß Melina Mercouri, über die Maria Marianopolos sich, weil ihr bei dem Namen nichts anderes einfiel, so oft mokierte, eine tapfere, aufrechte Frau sei, eine Vorkämpferin der Freiheit, und daß die Mercouri etwas linkslastig wäre, beruhe auf einem geheimen Auftrag der CIA, die Griechin mit der rauhen Stimme sollte sich bei der linken Internationale, bei Olaf Palme und Willi Brandt einschmeicheln, und wenn die Mercouri erst einmal im Sattel säße, tanzte der Reigen der sozialistischen Tagträumer, wie sie es wollte, der Osten würde schon sehen, was für einen Satansbraten er sich da in den Ofen geschoben hatte.

Sie kannte ihn vier Monate, als sie ihm ihren Mund bot. Drei Tage später, vor dem flackernden Kamin, durfte Peter ihre Brüste aus der Verpackung schälen, es war ein sehr befriedigender Abend, auch weil inzwischen der Strafbescheid für

Maria gekommen war, zweitausend Mark ans Rote Kreuz, sie ließen das rechtsgültig werden, und natürlich sagte Maria ihm nicht, daß sie seit dem ersten Kuß Erontaskraut verwendete, wenn sie ihm einen Tee kochte. Erontaskraut war ein koisches Aphrodisiakum, eine Staude von so zuverlässiger Wirkung, daß der Mann nur dran vorbeigehen mußte, und schon war er scharf. Sie bat sich Bedenkzeit aus, als er mit ihr schlafen wollte, und das hatte etwas zu tun mit zwei früheren Freunden, die Maria an der Stätte ihrer Selbstverwirklichung, im McDonald's, besucht hatten. Vor zwei Wochen war Hans angerückt, inzwischen sei alles ganz anders, es gäbe keine Probleme mehr, jederzeit und wo sie wollte, und vor einer Woche war Frank erschienen, der bei seinem Vater ausgezogen war, er hätte jetzt eine Stellung mit Lohnsteuerkarte, und er sei vom Bentley auf einen schlichten Jaguar XJ 6 umgestiegen, ob ihr das nicht zu denken gäbe?

Maria gab das in der Tat zu denken. Als sie von dem Abend mit Peter heimkehrte, stellte sie die blaue Blume, die er ihr zum Abschied ins Haar gesteckt hatte, in einen Eierbecher aus ungebranntem Ton und sagte ein Gebet. Die Muttergottes, zu der sie sprach, verzog keine Miene, als Maria, gebenedeit bist du unter den Weibern, ihre kleinen Schwierigkeiten ausbreitete. Zunächst bedankte sich die schöne Griechin, daß die Sache mit Frank ohne Folgen geblieben war, Fegefeuer hin, Katholikentag her, mit dem Kind eines Playboys und mit einem Schwiegervater, der in die Klapsmühle gehörte, hätte sie doch sehr im Hemd dagestanden. Die Muttergottes schwieg, sie schien keine Meinung zu haben zu diesem Punkt, und dann kam im Transistorradio ›Über den Wolken‹, der Song, den die Sendeanstalten bei der Entführung der Lufthansa-Maschine nach Mogadischu aus dem Programm genommen hatten, so grenzenlos sollte die Freiheit denn wieder nicht sein. Maria war ja ganz einverstanden, daß man die Gefühle der Menschen schonte, die für ihre Familienangehörigen bangten, für die Geiseln im Flugzeug. Geiselnahme – fand die schöne Griechin – war eine ziemliche Scheiße, und die Typen, die sich zu so was verstiegen, wollten im Grunde nur eines, nämlich die eigene Handgranate zwischen die Eier und Happy Trip, und den Gefallen sollte man ihnen auch tun und den Rauschgifthändlern auch. Maria war wirklich sehr beeindruckt gewesen, wie mitfühlend die deutschen Behörden in solchen Fragen waren, wie behutsam und verständnisvoll, aber einen Tag später stellten die gleichen Behörden dann wieder die ganze Bergpredigt auf den Kopf und wiesen, auf *Anordnung gez. Min. dir. Schleimscheißer*, eine afghanische Mammi mit ihren beiden Kindern nach Kabul aus, weil's ohne Krieg kein Asyl gab, und in Afghanistan gab's nun mal keinen Krieg, das stand ja auch in der ›Prawda‹, und der einzige Schönheitsfehler bei der lichtvollen Maßnahme war, daß die Maschine mit der ausgewiesenen Mammi in Kabul nur nachts landen konnte, weil der Flugplatz tagsüber unter Artilleriebeschuß lag.

Über den Wolken. Es war ein grenzüberschreitendes, versöhnliches Lied, ein rechter Sorgenbrecher, und Marias Fingerspitzen liebkosten die Blume im Takt zu Reinhard Meys kühnen Griffen. Sie kniete vor ihrem kleinen Altar, Muttergottes, hilf mir, ich bin jetzt in dem Alter, wo ich langsam mal was richtig machen muß, und nach einer Weile überkam Maria die Ruhe, die aus der Liebe kommt und von Gott, aber eine Antwort auf die Frage, die ihr auf dem Herzen lag, gab es immer noch nicht, nur die Gewißheit, daß sie *ihm* ihre Seele schenken würde und ihren Körper, und bei Körper fiel ihr die Muschi ein, die noch gewaschen werden mußte, sie machte das täglich, und an jenem Abend brachte sie's in der Hocke, mit ein paar Spritzern kaltem Wasser, hinter sich. Peter mochte es, wenn sie *frisch* war, und die meisten anderen Männer auch.

Als sie rein war, erneuerte sie das Wasser für die blaue Blume und küßte die Heilige Jungfrau Gutenacht. Sie legte sich zu Bett und faltete die Hände.

Was tun?

13

Was tun?

Um sieben Uhr früh war Maria Marianopolos aufgewacht. Sie tapste zur Küche. Zwei Tassen, zwei Teller und ein Rest Kaffee in der Kanne, die Flamme auf dem Herd brannte noch. Vater war schon zur Arbeit. Mutter auch. Damaia Marianopolos, von Brendle gefeuert, hatte eine neue Stelle gefunden, einen Reinemachejob in einer Großbäckerei, die gegen die Beschäftigung einer Griechin auf dieser Ebene, zur Probe, aushilfsweise und bis zur endgültigen Entscheidung durch den Betriebsrat nichts einzuwenden hatte.

Maria betrachtete die Morgenzeitung, die ihr Vater auf dem Frühstückstisch ausgebreitet hatte. Müssen wir China fürchten oder bewundern? Eine mongolische Milizionärin war abgebildet, im knöchellangen Gewand, mit Flinte und Patronengürtel. Ob die wohl in der Nacht zuvor mit ihrem Chinesen geschlafen hatte? Das Lächeln um die Mundwinkel deutete darauf hin. Aber es gab auch die finstere Anmut, den Ernst einer Mutter auf der von der Steppensonne verbrannten Stirn. Eine Frau, die den Bürokraten im Pekinger Zentralkomitee eins in die Fresse haute, wenn die statt Saatgut neue Zwillingsgeschütze kaufen wollten: ›Keine neuen Waffen, ehe die alten verbraucht sind.‹

Es war das alte Problem eines Mädchens, das sich zwischen drei Männer gestellt sieht, und wie es sich gehört, würde Maria die Muttergottes um Rat fragen, eine kleine Statue, die in der Mauernische ihres Zimmers neben der Spiegelscherbe stand. Sie hatte drei Kerzen angezündet, Kerzen nicht größer als ein Fingerglied, die erste stand für Hans, die zweite für Frank und die dritte für Peter. Sie würde den Mann nehmen, dessen Kerze am längsten brannte, und die Muttergottes, eine griechische mit dem fließenden Gewand der Pallas Athene, stand ja nahe genug dabei, sie würde Maria nicht vorwerfen können, daß man sie wieder mal nicht nach ihrer Meinung gefragt hatte. Die Gnadenreiche war Herr über zehntausend Engel, die gefallene Spezies mitgerechnet, sie gebot über Wolken und Vulkane, sie entschied, ob ein Hefeteig aufging oder nicht, sie hatte es in der Hand, den Orgasmus einer liebenden Frau hinauszuzögern, bis der Mann gekommen war, und ganz sicher konnte sie auch die Kerzen der Anwärter ausblasen, die für die schöne, die herzensreine Griechin nicht in Frage kamen.

Maria hatte sich die Zeitung aus der Küche geholt. Sie legte sich aufs Bett und las. In der peruanischen Andenprovinz Ayacucho hatten Terroristen 200 Bauern getötet, die Organisation ›Leuchtender Pfad‹ hatte die Verantwortung für die Heldentat übernommen. Moskau war bereit, über Weltraumwaffen zu verhandeln, wenn Präsident Reagan zum Gespräch seinen sechsschüssigen Colt mitbrachte, damit der Russe, Liebhaber von Gary-Cooper-Filmen, auch mal damit ballern konnte. Ein Chinese in Schanghai, Millionär und Menschenfreund, hatte der Kommunistischen Partei auf seine Kosten eine Wasserleitung ins Büro legen lassen.

Ein Knistern war zu hören. Maria stand von ihrem Bett auf. Die erste Kerze war erloschen und die zweite. Die dritte, die für Peter, brannte noch, und die Statue der Muttergottes war aus irgendeinem Grund ganz nahe vor die brennende Kerze gerückt. Maria schob die Heilige Jungfrau wieder an ihren Platz, damit sie sich nicht das Gewand verbrannte.

Die Türklingel ging. Maria öffnete. Peter stand vor ihr.

»Hab' ich dich geweckt?«

»Nein, du kommst gerade richtig.«

Sie riß ihn in ihre Arme, küßte ihn und führte ihn in ihr Schlafzimmer. Sie blieb in der Mitte des Raumes stehen. Sie entkleidete sich für ihn, langsam, sittsam und mit dem lokkenden, schuldbewußten Blick einer mediterranen Braut, und dann nahm sie ihn mit mütterlicher Geste an der Hand, führte ihn zum Bett, zog ihn auf das Lager, das noch warm war von ihren Schenkeln, sie ließ ihn zur Einstimmung eine Viertelstunde an ihren vollen, weichen Kugeln flippern, schenkte ihm ihr Keuchopfer, einfach so, und von diesem Augenblick an war die schöne Griechin kein McDonald's-Mädchen mehr, sie war die Frucht, das Schloß und die Erde, und Peter, der sie vom ersten Augenblick an geliebt hatte, war das Messer, der Schlüssel und der Regen. Beim Anblick ihrer Brüste vergaß er die Ermahnungen seines Doktorvaters, daß man mit Mandantinnen nicht schlief oder höchstens, wenn sie schon von jemand anderem schwanger waren, er vergaß, daß er im Prinzip ein Gegner der Ehe war, die soviel Leid über seine Mandanten brachte, er nickte, als Maria nach dem zweiten Mal auf die Hochzeit zu sprechen kam, die in einem Restaurant am Englischen Garten stattfinden würde, und er schmunzelte, als sie ihre vielen Verwandten erwähnte. Statt über die rechtlichen Verflechtungen nachzudenken, überließ er sich der Liebe, er war über ihr und in ihr und ließ sie seine ganze Leidenschaft spüren, und Maria wand sich unter ihm wie ein taufrisches Buch, das aufgeschlagen und gelesen werden wollte. Sie vergaß, daß ihre Freundin Lilibeth sie ausdrücklich vor Männern mit grauen Schläfen gewarnt hatte, aber Lilibeth von Kasse 1 konnte ja auch nicht wissen, daß sie, die Nackte vom Englischen Garten, mit ihrem Peter vier bis sechs blitzsaubere Kinder haben würde, wahrscheinlich alles Mädchen, und wenn Mädchen, dann solche mit Zöpfen und roten Backen. Auch Peter ahnte das nicht, er war noch mitten bei der Zeugung und hielt Maria Marianopolos umfangen, die seine Männlichkeit einsog mit der Wärme ihres Schoßes. Sie jubelte bei jedem Stoß seiner Lenden, sie kam, als der Kaffee in der Küche sich in eine hübsche Lavakruste verwandelt hatte, sie kam zum zweiten Mal, als Peter ihre Brüste küße, und das dritte Mal kam sie, als sein Wildbach durch das Bett ihrer Begierde schoß und das Weiß ihrer Schenkel netzte. Sie liebten sich, bis die Madonna auch die dritte Kerze erlöschen ließ, und nachdem Peter sich sehr süß, sehr wild und sehr zärtlich in ihr verströmt hatte, stürzte sich Maria auf die Morgenzeitung und las den Artikel über die mongolische Milizionärin zu Ende.

Ihr gefiel die Frau. Die Chinesen waren die einzigen in der Welt, um die man sich keine Sorgen zu machen brauchte.

14

Für einen Spaziergang auf dem Eis war das Mädchen nur ungenügend bekleidet. Sie trug ein Lendentuch, und sonst gar nichts. Peter beobachtete sie aus der Vogelperspektive (Flugzeug? Zeppelin? Papierdrachen?). Ihm war bewußt, daß er träumte, aber trotzdem war die Gestalt, die sich wie ein schwarzer Punkt auf der weißen Fläche vorwärtsbewegte, greifbare Wirklichkeit. Während er tiefer und tiefer sank, hatte er Gelegenheit, die braunen Schultern und das freischwingende, dunkle Haar des Mädchens zu betrachten. Das Gesicht kam ihm bekannt vor. Merkwürdig war, daß sie ihn überhaupt nicht bemerkte, nicht einmal, als er in einer Entfernung von drei oder vier Schritten auf dem knirschenden Eis landete. Sie ging einfach weiter, und Peter, als Ikarus auf der Erde etwas ungeschickt, mußte ihr ausweichen, um von dem wunderschönen Geschöpf nicht umgeworfen zu werden. Der Mittelpunkt ihres Gesichtes waren die großen, dunklen Augen. Die feingeschnittene Nase lenkte den Blick zu der weichen, glitzernden Flußlandschaft ihrer Lippen. Das Weiß ihrer Zähne war zu erahnen. Es gab einen Schönheitsfleck im linken Mundwinkel, der sich an der rechten Brust wiederholte. Die Farbe des Hüfttuchs war ultramarin, der Stoff reichte ihr bis zu den Waden. Sie war barfuß, das Knirschen ihrer Schritte auf der gefrorenen Fläche war zu vernehmen. Es schien selbstverständlich, daß ihr die Kälte nichts ausmachte. Im Gegenteil, sie amüsierte sich über die kleinen Wolken aus Wasserdampf, die sich beim Ausatmen vor ihrem Mund bildeten.

Sie hatte die Mitte des Sees erreicht, als das Eis zu knacken begann.

»Ich an Ihrer Stelle würde jetzt stehenbleiben«, sagte er.

Aber sie hörte ihn nicht. Wenige Schritte später brach sie

ein. Er eilte zu ihr, wobei ihm sein Federkleid, das er zunächst belächelt hatte, zustatten kam. Er umfing sie, bevor ihr Körper in das Chaos aus Wasser und Eis einsinken konnte, und trug sie zum Firmament empor. Die Luft über dem Kleinhesseloher See war erstaunlich warm. Inversion, eine Wetterlage, die so manchen Menschen in München zur Verzweiflung brachte. Auf den Wegen des Englischen Gartens, wo eine Frau mittleren Alters (Mittelscheitel, Pelzmantel aus Sibirischem Fuchs, getrennt lebend, in Streßsituationen Anfälligkeit für Herpes) ihre drei Dalmatiner spazierenführte, klirrender Frost. Ob es stimmte, daß Dalmatiner taub, blind und ohne Geruchssinn waren? Wie auch immer, in 1000 m Höhe herrschte Treibluftklima, so daß das dunkelhaarige Mädchen mit ihrem Hüfttuch völlig richtig angezogen war. Peter hielt sie mit beiden Armen umfangen, und als sie über die Voralpen (Bad Tölz und Benediktenwand) hinwegflogen, hatte sie ihre Scheu soweit überwunden, daß sie sich an ihn schmiegte. Noch ehe sie ihren Namen sagte, wußte er, daß sie Maria hieß, und aus irgendeinem Grund kannte Maria bereits seinen Namen, sie dankte ihm, daß er sie vor dem Ertrinken gerettet hatte. Er wies den Dank zurück.

»Das hätte jeder getan.«

»Da«, widersprach ihm Maria, »bin ich nicht so sicher.«

»Es hat mir richtig Spaß gemacht«, argumentierte er. »Ich habe gesehen, daß Sie in Gefahr waren, und zwar in einer Gefahr, aus der Sie sich aus eigener Kraft nicht befreien konnten.«

»Du hast vergessen, daß wir uns duzen«, warf sie ein und lächelte. »Es macht dir also Spaß, den Bernhardiner zu spielen?«

Er dachte nach. Tatsache war, es war die Jugend dieses Mädchens, was ihn anzog. Früher einmal hatte er ein schlechtes Gewissen gehabt, wenn er sich in eine Achtzehnjährige verliebte. Jetzt nicht mehr.

Sie waren inzwischen über dem St. Bernhard angekommen, der Firnschnee funkelte in der Sonne, und das Glitzern der Kristalle begleitete Peter und Maria auf ihrer Traumreise, die ohne Zwischenhalt nach Griechenland führte. Sein Herz klopfte wie wild, als er, irgendwo über der Adria, die Weichheit ihrer Brüste zu fassen bekam. Er wollte sie küssen, als sein Kopf an etwas Hartes stieß.

Er wachte auf und ertastete den Bettpfosten.

Er machte Licht.

Das Himmelbett, die zerwühlten Tücher.

Der Platz, wo Maria gelegen hatte, war leer.

Er stand auf und zog sich an. Es war nicht weit bis zum Englischen Garten. Zwei Uhr früh. Die Stadt war still, nur der Brunnen an der Ludwigstraße rauschte. Peter hatte die Holzbrücke überquert, als er Maria erblickte. Bis auf das Lendentuch, das sie in seinem Traum getragen hatte, war sie nackt. Der Mondschein spielte mit ihren Brüsten.

Er hatte die Wiese überquert, als sie den Knoten ihres Tuches löste.

»Gefalle ich dir?« fragte sie.

Er nickte.

»Magst du es, daß ich mich vor dir ausziehe?«

Er bejahte.

»Wenn es so ist, warum küßt du mich nicht? Warum schläfst du nicht mir mir?«

»Hier, im Freien?«

Sie ließ sich ins silbern schimmernde Gras sinken. »Angst?«

»Vielleicht.«

»Vor der Natur – oder vor mir?«

»Vielleicht vor dir.«

Maria zuckte die Schultern. »Männer haben immer Angst gehabt vor den Frauen. Mit einem Schuß Angst macht der Sex mehr Spaß.«

»Das meine ich nicht. Mir macht Angst, daß du in einer anderen Welt lebst.«

»Ich hoffe, du kommst zur Erfüllung, wenn du die Grenze zu dieser anderen Welt überschreitest. Das Spiel heißt Liebe.«

»Für mich ist es kein Spiel, Maria. Ich habe dich immer geliebt. Schon, als ich dich noch gar nicht kannte.«

»Du hast auf mich gewartet?«

»So ist es. Ich wußte, daß du mir eines Tages über den Weg laufen würdest.«

»Du warst derjenige, der lief. Ich habe mich nicht von der Stelle gerührt.«

»Wie oft hast du das schon gemacht?«

»Mich vor einem Fremden ausziehen? Unzählige Male. Ich find's aufregend.«

»Auch wenn der Mann kein Fremder mehr ist?«

Sie lachte. »Männer bleiben für eine Frau immer fremde Wesen. Verletzt es dich, daß es Zufall war?«

»Es war kein Zufall«, widersprach er ihr.

Sie berührte ihn mit der Blöße ihres Leibes. »Du gehörst zur aussterbenden Spezies der Menschen, die noch glauben, man könne sein Leben planen.«

»Zu einem gewissen Teil kann man das.«

»Es kommt dann aber immer anders, als man denkt.«

»Nein. Alles ist genau so gekommen, wie ich wollte.«

»Du Träumer.«

»Alles ist Traum, bevor es Wirklichkeit wird, Maria.«

Sie zog ihn auf sich und schenkte ihm die Weichheit ihres Körpers, und er erschauderte vor Wonne, als er die kühlen Strähnen ihrer Haare auf seinen Schultern spürte. Sie führte seine Hand, und als sie bereit war für ihn, gab sie sich hin mit unbeschreiblicher Süße. Ihre Hände, die sich um seinen Nakken schlossen, waren wie die Ruder eines Bootes, die ins vorbeigleitende Naß eintauchten. Jede seiner Liebkosungen beantwortete sie mit einem Echo, das nach Begierde und Verlangen schmeckte, nach dem Salz des Meeres, nach der Sonne des Südens. »Liebe mich«, flüsterte sie, als seine Stöße schneller wurden, und Peter wußte nicht, warum er in diesem Augenblick an ein Aztekenmädchen denken mußte, das zum Opferstein geführt wurde. Er wußte, daß er ihr Schmerzen bereitete, aber Maria beschwor ihn, über ihren Schmerz hinwegzugehen wie über eisverbranntes Andenland.

Ihre Stimme war leise und flehend geworden.

»Jetzt.«

Sie sagte es atemlos. Er spürte, wie sich sein Ich über den Rand eines düsteren Kraters schwang, um in die glühende

Lava der Liebe einzutauchen. Die Zeit stand still wie in den Romanen der russischen Schriftsteller, wenn der Samowar zischt und der Gerichtsdiener das gepfändete Meißner in den Hausflur schleppt. Peter hielt Marias bebenden Leib umfaßt und war in ihr, als sie ihre Erfüllung hinausschrie in die rosafarbene Nacht, die sich über dem Englischen Garten wölbte.

Dann war alles still. Das Mädchen öffnete die Augen, und er küßte ihr die Tränen von den Lidern.

»Ich liebe dich«, sagte sie leise.

»Bist du glücklich?« fragte er.

»Gibt es das – Menschen, die glücklich sind?«

»Sieh mich an.«

»Ich bin stolz auf das, was du für mich empfindest. Aber du verwechselst den Weg und das Ziel.«

»Ich verstehe nicht, was du damit sagen willst.«

Maria schlang das Tuch um ihre Lenden und küßte ihn. »Dabei ist es doch so einfach. Nicht die Erfüllung ist das Glück, sondern der Weg dahin.«